I0660401

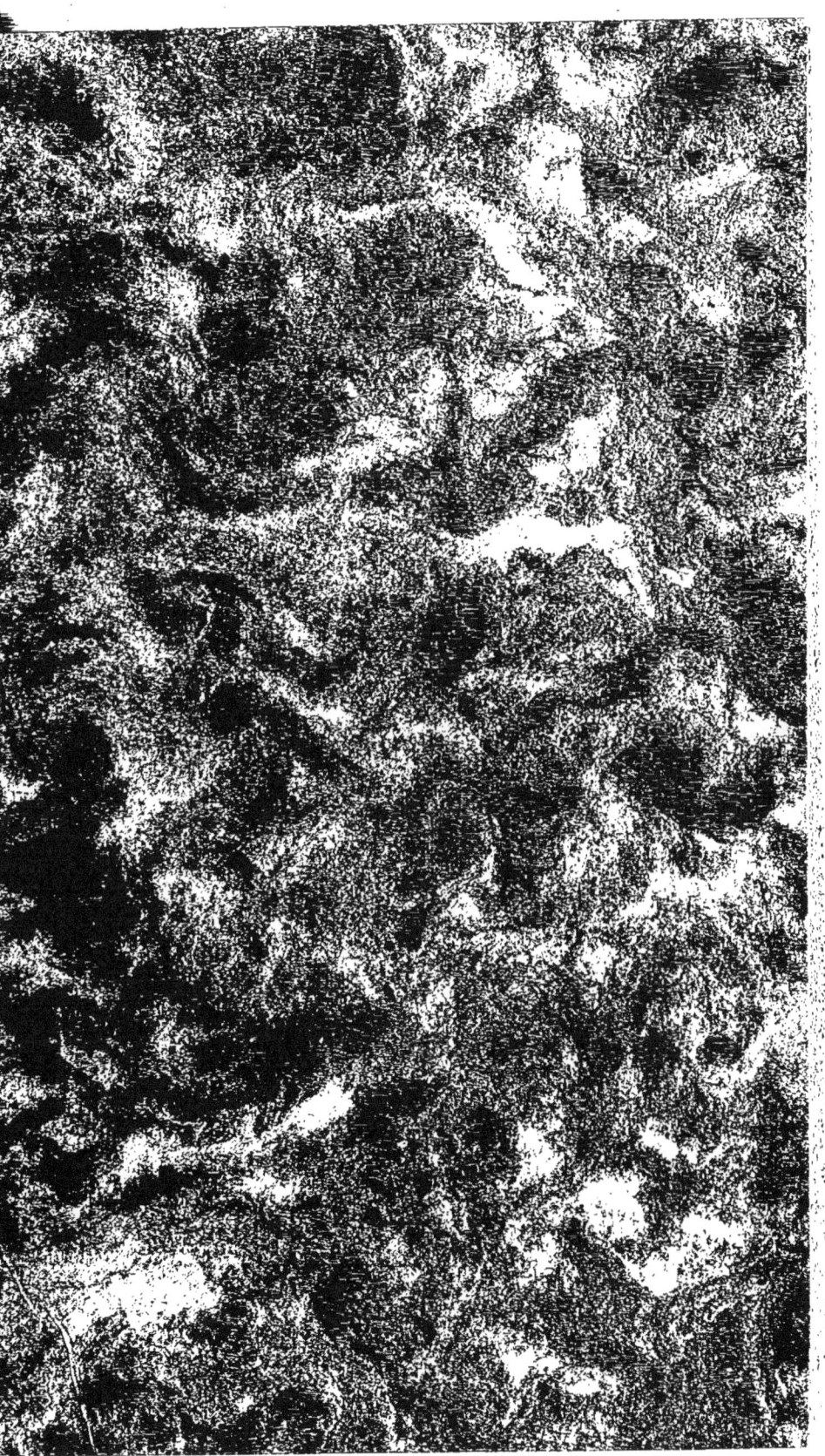

ÉDOUARD 1990

LA BOSSUE

EN VENTE A LA MÊME LIBRAIRIE

OUVRAGES DE M. JULES DAUTIN

Le Parricide, 5ᵉ édition, 1 vol. . . . .   3 fr.

Dacolard et Lubin, 5ᵉ édition (Suite du *Parricide*),
  1 volume. . . . .   3 fr.

Le Secret terrible, 5ᵉ édition, 1 vol . . . . .   3 fr.

Ces trois romans ont été écrits en collaboration avec
Adolphe Belot.

Clichy. — Impr. PAUL DUPONT, 12, rue du Bac-d'Asnières.

JULES DAUTIN

LA BOSSUE

PRÉCÉDÉE D'UNE PRÉFACE

PAR

ADOLPHE BELOT

DEUXIÈME ÉDITION

PARIS

E. DENTU, ÉDITEUR

LIBRAIRE DE LA SOCIÉTÉ DES GENS DE LETTRES

PALAIS-ROYAL, 17-19, GALERIE D'ORLÉANS

1877

A M. ADOLPHE BELOT.

Mon cher ami,

Je mets votre nom à la première ligne de ce roman et je vous le dédie, afin d'affirmer vos droits de collaborateur, et d'établir que, si je signe seul, c'est que, par amitié pour moi, vous l'avez exigé.

JULES DAUTIN.

A M. JULES DAUTIN.

Pau, le 6 novembre 1876

Du journal *le Gaulois* qui fut son parrain, votre *Bossue*, mon cher ami, passe chez Dentu. Le feuilleton se métamorphose et devient un livre, en attendant qu'il prenne, sous ma plume, la forme d'une pièce ; vous insistez tellement à ce sujet, et je suis si faible avec un vieil ami comme vous !

N'est-ce pas, en effet, être coupable de faiblesse que de vous laisser annoncer, en tête de ce volume, une préface signée de moi ? Une préface, grand Dieu ! Comment voulez-vous que je m'en tire ? Demandez-moi une opérette, une féerie, un livret de grand opéra ou de ballet, toutes choses qui m'effrayent plus que je ne saurais dire, mais n'exigez pas une préface. — Quoi! n'en avez-vous jamais fait? vous écriez-vous. — Si, une *préfascicule* de vingt lignes. Je l'avais faite petite, toute petite, pour qu'il lui fût pardonné et qu'on voulût bien la lire. Personne n'y prit garde, ou plutôt personne n'obéit aux prescriptions qu'elle contenait. C'était en tête de *Mademoiselle Giraud, ma femme*. Je disais les motifs qui m'avaient déterminé à écrire ce livre ; je me défendais, avec énergie, contre certains anathèmes dont j'étais menacé, et, par discrétion, pour ne pas me répéter, je renvoyais les lecteurs aux pages du volume où je développais ma pensée. Eh bien ! depuis, je suis entré dans dix cabinets de lecture, je me suis fait livrer des *Mademoiselle Giraud* dont les fatigues, les déchirures indiquaient les beaux états de service ; mais les pages signalées à l'attention du public avaient été scrupuleusement respectées :

elles se trouvaient intactes, immaculées, souvent même le couteau à papier les avait épargnées. On s'était évidemment dit : « Il va nous ennuyer avec ses théories, ses prétentions de moraliste. Passons aux scènes émouvantes, ce sera plus drôle. » Et on y était passé, sans égards pour mes recommandations : *mademoiselle Giraud* active avait étouffé *mademoiselle Giraud* philosophique.

Vous le voyez, mon cher ami, je ne suis pas encouragé à écrire l'avant-propos que vous réclamez de moi. A notre époque, soyez-en persuadé, le lecteur n'a pas le temps de s'arrêter aux bagatelles de la porte. S'il s'agit d'un roman d'aventures, il court à l'aventure ; d'un roman de mœurs, il cherche le trait saillant, et parcourt à peine les autres pages ; d'un roman dit léger, il s'élance, d'un bond, vers le passage le plus scabreux, et il le trouve du premier coup ; pour lui tout le reste fait longueur.

Je ne connais que Théophile Gautier et Alexandre Dumas fils qui soient parvenus à imposer leurs préfaces : le premier, en tête de *Mademoiselle de Maupin;* le second, toutes les fois qu'il l'a voulu. Mais, pour ces écrivains, s'agit-il bien de préfaces ? N'est-ce pas plutôt un livre dans un autre livre, un petit chef-d'œuvre qui en précède un grand ?

Vous avez la délicatesse de ne pas me demander de chef-d'œuvre ; c'est bien une préface que vous voulez, une préface qui vous permette d'inscrire mon nom sur la couverture à côté du vôtre et vous signale à tous comme mon ami. Imprudent ! Sa situation est excellente et il la compromet. Il peut garder le masque et il le jette !

Supposons, en effet, que je me refuse à satisfaire votre fantaisie. Vous vous présentez seul, sans moi, et voici le dialogue dont vous faites les frais :

— Comment est-il, ce Jules Dautin qui a écrit *la Bossue ?* demande-t-on.

— Grand, jeune, mince, distingué, spirituel, charmant.

— Vous le connaissez?

— Aucunement.

— Alors comment savez-vous qu'il est tout cela?

— Je l'ignore, mais il me plaît de le supposer. Je lui prête toutes les perfections physiques et morales que je rêve chez l'auteur dont l'œuvre m'intéresse et m'émeut.

C'est, en effet, mon cher ami, un grand avantage pour les gens de lettres d'être personnellement inconnus; le désir et l'imagination aidant, on fait de nous, suivant notre sexe, un Apollon du Belvédère ou une Vénus de Milo; on nous donne toutes les vertus de Caton ou de Jeanne d'Arc.

— Comment est-il ce Jules Dautin qui a écrit la Bossue?

— C'est un homme de quarante ans, au moins, petit, chauve et immoral.

— Vous le connaissez?

— Aucunement.

— Alors comment savez-vous qu'il est tout cela?

— Je ne le sais pas, mais j'en suis sûr. La préface de *la Bossue* ne vous a-t-elle pas appris qu'il est l'ami de Belot? Adolphe Belot a dépassé la quarantaine et ne peut pas avoir pour ami un jeune homme. Il ne l'aura pas choisi de grande taille, de peur d'être dépareillé à côté de lui, et il l'aura pris chauve pour ne pas ressentir les tourments de l'envie.

— C'est juste, très-juste; mais pourquoi dites-vous que Jules Dautin est immoral?

— Toujours parce qu'il est l'ami de Belot, l'auteur de *la Femme de feu* et de *Mademoiselle Giraud*.

— Mais Belot est aussi l'auteur du *Drame de la rue de la Paix*, de *l'Article 47*, des *Deux femmes*, des *Folies de Jeunesse*, des *Mystères mondains*, etc.: tous ces romans n'ont rien d'immoral; ils ont été publiés dans les revues les plus timorées, les journaux les plus circonspects; le ministre de l'intérieur, en les estampillant, leur a donné des certificats d'honnêteté.

— Je le veux bien; mais je n'ai lu que *Mademoiselle Giraud* et *la Femme de feu*. C'est plus amusant.

— Adolphe Belot a écrit aussi, seul ou en collaboration, plus de vingt drames ou comédies que personne n'a jamais critiqués au point de vue de la moralité. *L'Article 47*, *Miss Multon*, *le Testament de César Girodot*, sont recommandés aux collégiens et permis aux jeunes filles.

— Je n'ai vu aucune de ces pièces. Je ne vais que dans les théâtres d'opérette ou de féerie.

— C'est votre droit. Mais Belot a aussi le droit de protester contre votre légèreté et votre injustice lorsque vous le jugez d'après deux ouvrages qui sont une exception dans sa vie d'homme de lettres. Il a cru pouvoir se permettre une fantaisie que s'étaient permise, avant lui, Diderot,

Balzac et Gautier. Peut-être s'est-il trompé, mais il se serait trompé inconsciemment, de bonne foi, et il est encore à se demander avec des gens sérieux, d'honnêtes gens, si, au lieu de tenir cachés certains vices qui, profitant de l'obscurité, du silence faits autour d'eux, grandissent et se développent, il ne vaut pas mieux les mettre en lumière pour les combattre, les flétrir et peut-être les extirper. Si Belot était un auteur immoral, comme essayent de le faire entendre quelques envieux, quelques nullités et quelques gens tarés, — ces derniers sont les plus sévères — il se serait empressé de donner une nombreuse progéniture à *Mademoiselle Giraud ;* le champ de nos vices est vaste et un peintre de mœurs contemporaines n'a qu'à se baisser pour faire une belle récolte. Elle eût été surtout très-productive pour Adolphe Belot, qui compte ses lecteurs par centaines de mille ; en une année, deux ou trois petits vices aidant, sa fortune était faite. Il n'a pas voulu marcher dans cette voie, justement parce que la fortune était au bout.

Vous voici donc devenu, mon cher Dautin, par le seul fait de ma préface, vieux, petit, chauve et immoral. C'est déjà joli, mais cela ne saurait suffire. Vous allez maintenant déplaire à toutes les personnes que j'ai mécontentées et que je mécontente chaque jour : ce confrère à qui j'ai négligé d'adresser des félicitations sur son dernier succès; ce journaliste que, pour cause d'absence, je n'ai pas remercié de ses articles élogieux; ce débiteur éternel que j'humilie en ne lui parlant plus de sa dette; ce faux homme de lettres à qui j'ai eu le courage de dire, sur sa demande, mon opinion sur ses manuscrits; cet habitué de mes premières représentations, oublié sur ma dernière liste; cette artiste à laquelle j'ai refusé un rôle, les tenants et les aboutissants de cette artiste, et ils sont nombreux; cette femme que j'ai trouvée laide; cette autre que j'ai trouvée jolie, mais trop peu de temps; ce mari, cet amant, ce voisin; ces gens à qui ma myopie m'empêche de rendre leur salut; tous ceux, en un mot, qu'à chaque pas dans la rue, ou dans la vie, je froisse, je heurte, je cogne, sans les voir, sans le vouloir.

Ce lot d'ennemis est respectable, n'est-ce pas? Attendez, il n'est pas complet : j'oubliais les personnes à qui j'ai eu le malheur de nuire sérieusement. Dans la carrière d'auteur dramatique on se gêne, on se ruine, on s'étouffe sans pouvoir faire autrement et avec les meilleures intentions du monde? De là des rivalités, des inimitiés qu'on rencontre aussi dans les autres professions, mais moins nombreuses et surtout moins justifiées. En effet, quel tort le succès d'un peintre, d'un statuaire peut-il faire à un autre peintre, à un autre statuaire? Le salon n'est-il pas assez grand pour contenir leurs toiles ou leurs blocs de marbre? Si l'on s'arrête avec recueillement devant le *Réveil* de Franceschi ou ses splendides bustes de femmes, ne pourra-t-on pas, quelques minutes après, admirer la

Charité de Paul Dubois? Les tableaux de De-
taille attirent la foule; mais plus loin, Berne-
Bellecour, Jacquet avec sa *Rêverie*, ont leur
public. Au palais, Carraby gagne sa cause aux
assises sans nuire à Lachaud, qui demain ga-
gnera la sienne. Parmi les médecins, Hardy,
malgré son grand renom, l'affection et la haute
estime qui l'entourent, empêche-t-il ses confrères d'arriver? Gassicourt, en se consacrant
aux enfants, ne se fait-il pas une place à côté
de Barthez? Dans le journalisme un article
d'About n'a jamais, que je sache, compromis la
situation de Francis Magnard; Vitu et Saint-Ge-
nest vivent en parfaite intelligence; Albert Wolff
traverse tous les jours les quais pour aller embrasser Veuillot; Montépin adore Zaccone; Prével et
Lafargue donnent la primeur de leurs nouvelles
de théâtre à Oswald et à Mendel. De quelque côté
que je me retourne, vers la littérature, la science,
les arts et même la politique, surtout la politique,
je ne vois que des frères et amis. C'est l'âge d'or.

S'agit-il du théâtre, le décor change : X... a beaucoup de talent; il vient d'apporter au Gymnase une pièce que Montigny s'est empressé de mettre à l étude. Elle doit être jouée vers la fin de décembre, lorsque le succès de Sardou, qui tient en ce moment l'affiche, sera épuisé. Mais, contre toutes les prévisions, le succès de Sardou ne s'épuise pas. Janvier, février, mars se passent et la moyenne des recettes ne permet pas à un directeur honnête de changer le spectacle. Enfin, en avril seulement, la pièce de X... peut être représentée. Comme on l'espérait, elle réussit à merveille. « C'est superbe, s'écrie-t-on dans les « cercles, dans les salons, tout Paris voudra voir « cela. » Mais les premières effluves du printemps ont enfiévré Paris, il ne tient plus dans ses murs : le jour, il court la prétentaine; le soir, fatigué, enivré par des chaleurs auxquelles il n'est plus habitué, il se couche ou bien il va fêter la réouverture de ses cafés chantants qui lui sourient à travers un rideau de verdure naissante. Le chef-d'œuvre de X..., étouffé sous les premiers lilas, agonise sous le soleil de juin et meurt à la canicule. Sa comédie, jouée en hiver, lui rapportait cinquante mille francs de droits d'auteur, lui ouvrait tous les théâtres, lui préparait une carrière magnifique. Hélas! il a touché une somme dérisoire et le directeur auquel il présentera sa prochaine pièce, si toutefois, découragé, il ne renonce pas à l'écrire, l'éconduira sans façon, en disant de lui : « C'est un auteur de mérite, mais qui ne fait pas d'argent. » — « Eh! monsieur, il en eût fait dans d'autres conditions, en hiver, si le succès de Sardou ne s'était pas éternisé. » Voyons, franchement, entre nous, mon cher Dautin, croyez-vous que X... aura de bien vives sympathies pour ce confrère qui, non content de le ruiner, a brisé sa carrière? Et, cependant Sardou n'a commis qu'une faute envers lui : celle de ne pas arrêter en avril la marche du soleil; on ne peut pas être Sardou et, en même temps, Josué.

Je viens de vous citer un cas exceptionnel : un homme de talent est gêné, écrasé par un autre homme de talent. La victime déteste son bourreau, mais elle le déteste en secret et, par respect de soi-même, n'essaye jamais de lui nuire. Supposons, au contraire, qu'un fruit-sec de la littérature, un éternel refusé, un impuissant des lettres se croie lésé par un auteur arrivé — et ces messieurs se croient toujours lésés : si leur drame n'est pas représenté au boulevard, c'est que d'Ennery les a desservis auprès des directeurs; si leur comédie n'est pas reçue au Théâtre-Français, c'est qu'Augier les jalouse et leur en veut. « A bas les jeunes! il n'en faut plus; » tel est, suivant eux, le dernier mot de Barrière au foyer du Vaudeville. Souvent, ils n'ont fait ni drame, ni comédie; ils n'ont fait que les courses d'un auteur qui les a chargés de porter dans un théâtre le manuscrit de sa dernière pièce. En route, ils la lisent; huit jours après ils sont persuadés d'y avoir collaboré, et, à la première représentation, ils murmurent dans les couloirs : « C'est ma pièce qu'on joue ce soir, je ne signe pas parce que Z... m'a prié de le laisser signer seul. » Ces paroles ont trouvé de l'écho dans les cafés du boulevard, dans les brasseries. L'écrivain encore inconnu dont le nom sera célèbre demain, celui qui poursuit, sans succès mais avec courage, quelque grande chimère, cet autre que la pauvreté seule peut-être empêche d'arriver, tous ces honnêtes gens qu'il ne faut pas confondre avec les impuissants dont j'ai parlé, s'indignent de ce mensonge et le repoussent au lieu de le propager. Mais ceux que leur vanité inassouvie a rendus envieux et mauvais vont, répétant dans tous les coins : « Quel exploiteur que ce Z...! Il fait faire ses pièces par X...! et il l'*étouffe*, le misérable! » Alors une formidable meute de roquets s'assemble, montre les dents à X..., jappe, aboie et mord. Aucune de ces morsures n'est dangereuse; mais toutes ces petites dents, réunies sur le même point, finissent par enlever le morceau.

Je m'aperçois, mon cher Dautin, que je ne vous ai pas encore parlé des journalistes ; leurs sympathies peuvent vous être d'un grand secours, et, méfiez-vous, je ne suis pas en odeur de sainteté auprès de tous. D'abord, vous ne pouvez l'ignorer, de nos jours, la politique pénétrant partout, le critique d'un journal radical se décidera difficilement à faire l'éloge du plus inoffensif roman écrit par un conservateur. Puis, sans opinion politique bien arrêtée (car pour moi la politique se résume en un seul mot : le progrès, et je le salue toujours quelle que soit la main qui me le donne), je suis cependant fidèle à mes souvenirs, reconnaissant de quelques faveurs, respectueux envers l'exil, et la plupart des journaux dits avancés croient devoir me maltraiter.

En dehors de la politique, j'ai aussi le malheur d'avoir parmi les feuilletonnistes deux ennemis personnels. Comment me les suis-je attirés ? Je n'en sais trop rien et je dédaigne de le savoir. Mais la presse n'est pas représentée seulement par deux personnes. Si j'ai le droit de me plaindre énergiquement de ces faux confrères qui, pour satisfaire des rancunes privées, dépassent les limites assignées à la critique littéraire et m'insultent au lieu de me juger, j'ai à me louer du plus grand nombre des feuilletonnistes parmi lesquels je m'honore de compter de véritables amis. Souvent sévères pour certaines de mes pièces, plusieurs de mes romans, ils l'ont été avec tact, avec mesure, sans brutalité ni parti pris. Leurs blâmes ressemblaient à des conseils, dont j'ai fait mon profit. Ils m'ont conduit à regretter de n'avoir pas mes entrées dans un journal où j'aurais pu dire, comme eux, avec enthousiasme, du bien des bonnes choses et du mal des mauvaises, poliment, froidement, après réflexion. En effet, dans une pièce tombée se rencontrent parfois des beautés que le critique doit signaler, comme le président d'assises signale au jury certains faits qui peuvent mériter à l'accusé des circonstances atténuantes. Je n'aurais jamais oublié les égards dus entre confrères et l'indulgence que les gens du métier devraient avoir pour un métier qu'ils savent difficile. J'aurais craint, en quelques lignes, en une demi-heure, la tête fatiguée, dans une mauvaise disposition d'esprit, de condamner une œuvre qui souvent a demandé six mois, une année de travail, sur laquelle reposent de grandes espérances, et dont le succès ou l'insuccès peut faire un homme heureux ou misérable. Je me serais plu à fortifier les faibles, à soutenir les défaillants, à ramener dans la bonne voie les égarés, et j'aurais préféré accabler un auteur ou un comédien de louanges, peut-être excessives, que de reproches souvent trop sévères. Enfin ma conscience eût désavoué les paroles suivantes attribuées à un feuilletonniste... chinois, sans aucun doute :

« Si je fais l'éloge d'un auteur ou d'un acteur, aurait-il dit, je ne suis agréable qu'à cet auteur, à cet acteur et à quelques personnes de leur étroite intimité. Un *éreintement*, au contraire, comble de joie leurs confrères, leurs camarades, beaucoup de leurs parents, voire de leurs amis. Mon article est demandé de tous côtés, on se l'arrache. « Ce pauvre Z... ! avez-vous vu comme « X... l'arrange ! C'est *tapé*, lisez donc ça ! » Et on lit, on achète, on parle de moi. Mes intérêts matériels et ma personnalité s'en trouvent bien. »

Ce raisonnement est très-pratique, je le reconnais, X... l'a beaucoup appliqué, aussi son succès est-il incontestable. Mais ses confrères du feuilleton préfèrent leur honorabilité à sa notoriété.

Donc, mon cher Dautin, ne nous plaignons pas du journalisme : mon nom vous apporte deux antipathies et vingt sympathies ; vous devez vous réjouir.

— Je me réjouis d'autant plus, mon cher Belot, qu'aux sympathies littéraires dont vous parlez, il faut ajouter vos amis personnels et vos lecteurs.

— Mes amis, mes lecteurs ! Ne comptez pas sur eux. « Si Belot, diront-ils, a refusé de signer *la Bossue,* malgré les instances de Dautin, c'est qu'il doute du succès de ce roman. »

Rien n'est plus faux. Après avoir mis mon nom à côté du vôtre sur la couverture du *Parricide,* de *Dacolard et Lubin* et du *Secret terrible,* je me refuse, cette fois, à signer avec vous, mon cher ami, pour cette raison que, malgré votre déclaration publiée en tête de ce volume, je n'ai pas, suivant moi, assez travaillé à *la Bossue.*

Dans un procès tout récent, dont la presse s'est beaucoup occupée, j'ai détaché, des excellentes choses dites par le ministère public, les paroles suivantes : « Il suffit encore, pour faire acte de collaborateur, d'apporter une idée qui puisse contribuer au succès de l'œuvre. »

D'accord. Dans ce cas, il y a collaboration; mais, entendons-nous bien, collaboration matérielle, c'est-à-dire droit à une part, plus ou moins forte, dans les bénéfices en espèces que produira l'œuvre. C'est une affaire purement commerciale qui n'a aucun rapport avec la bonne et franche

collaboration littéraire, telle que nous la prati-
quons dans la Société des auteurs dramatiques
et dans celle des gens de lettres. J'ai l'honneur
de faire partie, depuis longtemps, de leurs comi-
tés, et je crois connaître, à ce sujet, l'opinion
de mes collègues.

Pour qu'il y ait collaboration sérieuse, complète, morale, il faut que, pendant un certain
temps, deux intelligences, deux pensées, deux
cœurs s'unissent, se mêlent, se confondent dans
le même creuset et brûlent de la même flamme.
L'idée première, nécessairement conçue par une
seule personne et apportée à une autre à l'état
d'embryon, s'étudie, se fouille, se discute en
commun et arrive, parfois, à se métamorphoser
de telle sorte qu'elle s'efface pour faire place à
une autre idée, fille de deux pères et leur propriété indivise. Cette idée nouvelle définitivement adoptée, on cherche ensemble les situa-
tions qui en découlent, on trace le caractère des
personnages destinés à figurer dans le drame; on

règle à l'avance l'événement, l'incident propres
à exciter l'hilarité, l'effroi, la compassion du
spectateur ou du lecteur ; enfin le roman est par-
tagé en chapitres, la pièce divisée en plusieurs
actes.

Souvent, ce plan ne s'écrit même pas ; il est
tout entier dans la tête des deux confrères, je
pourrais dire des deux frères : la gestation d'une
idée, des espérances communes, des rêves par-
tagés, créent entre deux collaborateurs une
étroite intimité. Plus tard, peut-être, l'œuvre
achevée, lorsque l'imprimerie et la rampe la
mettront en pleine lumière, des difficultés naî-
tront entre ses auteurs. Mais je parle de l'é-
poque où ils labourent ensemble le même sillon,
je m'occupe du temps de la semaille, je ne parle
pas de la récolte. Si elle est mauvaise, on en
arrive parfois à se faire des reproches : « Ah ! si
tu m'avais écouté ! » Si elle est fructueuse, au
contraire, on regrette de n'avoir pas labouré
seul. Alors il ne s'agit plus de collaborateurs ;

deux hommes sont en présence, avec tous leurs travers.

Le plan est arrêté, il ne s'agit plus que d'écrire la pièce. C'est une grosse affaire pour les uns, une petite pour les autres. « *Phèdre* est terminée, disait Racine, je n'ai plus qu'à l'écrire. » On se partage le travail : A... se chargera du premier et du second acte, B... du troisième et du quatrième ; ou bien celui-ci écrira le tout, vivement, à la volée, sans se préoccuper des détails, et celui-là recommencera depuis le premier mot jusqu'au dernier ; quelquefois aussi les deux auteurs, sans se quitter, *causeront* la pièce, la joueront, la vivront et l'écriront ensemble.

Voilà, mon cher ami, la véritable collaboration, telle que je la comprends. Pour *la Bossue* que s'est-il passé ? Je vous envoie, dans votre retraite, un plan de roman que vous me demandez pour occuper vos loisirs. Quelques mois s'écoulent et vous m'adressez, à votre tour, un roman tout fait, écrit d'après ma donnée première, habilement modifiée par vous. Je lis, je coupe, je rogne d'ici, de là, j'ajoute une phrase à ce chapitre, une page à ce dénoûment ; puis je présente au *Gaulois*, qui imprime en feuilleton, et à Dentu, qui publie en volume. C'est là, tout au plus, mon cher ami, une collaboration matérielle, suivant mon expression ; ce n'est pas une collaboration morale.

Donc, je ne puis pas, je ne dois pas signer *la Bossue* et je suis décidé, pour toutes les raisons que je vous ai dites si longuement, à ne pas faire la préface que vous me demandez.

— Mais vous venez de la faire.

— Comment ! prétendriez-vous publier cette causerie intime ?

— Que vous importe ? Personne ne la lira ; c'est vous qui l'avez dit.

— Et je le maintiens. Faites donc ce que vous voudrez et ce que décidera Dentu, mon éditeur, mon conseiller et mon ami.

A vous de cœur.

ADOLPHE BELOT.

LA BOSSUE

I

On se rappelle peut-être cette catastrophe des Ronchées qui eut le triste privilége, vers la fin de juillet
dernier, d'émouvoir la curiosité publique. Qu'y avait-il
au fond de cela ? Un accident ou un crime ?... Une enquête judiciaire était annoncée; nous en attendîmes im-
patiemment le résultat. Mais cette enquête, vivement
poussée au début, ne tarda pas à se ralentir; bientôt

1

elle fut tout à fait abandonnée, et le problème menaça de rester sans solution.

C'est alors qu'il nous plut de le reprendre pour notre propre compte, convaincu que nous touchions à quelque sombre drame de la vie privée. Si cette attente a été déçue et notre travail stérile, le lecteur décidera : nous lui donnons simplement ici le résultat de nos recherches.

Le premier point à déterminer, c'était la nature des relations de Louis de Charens avec la famille Maudhuy ; et d'abord, à quelle époque avaient commencé ces relations?

L'enquête les faisait remonter au mois de juin 1871 ; mais elles étaient de quelques années antérieures.

Vers la fin de 1867, le vieux Quillat, le fondateur de l'importante maison de commission et d'exportation de la rue d'Enghien, venait de mourir. Sa sœur, madame la baronne de Charens, s'était, en dernier lieu, réconciliée avec lui. Elle avait quitté sa province avec son fils, pour venir s'installer à son chevet ; tous deux, ils l'avaient soigné durant sa longue maladie : nul doute qu'ils ne recueillissent cette riche succession, et assurément ils y comptaient. Mais, le bonhomme mort, un testament s'était trouvé, qui instituait pour légataire universelle la

Rigaude, sa gouvernante, sorte d'intrigante de bas étage, conseillée par un ancien huissier destitué, nommé Rastard : seulement, par un codicille récent, le testateur léguait à son neveu une somme de cinquante mille francs, à condition qu'il entrerait comme employé chez Maudhuy, son successeur dans la maison de commerce de la rue d'Enghien.

Ces pièces, qui ruinaient ses espérances, madame de Charens en avait entendu la lecture sans aucune émotion apparente ; rien sur son visage ni dans son attitude qui trahît sa cruelle déception : avec un sourire froid et hautain, elle avait pris congé du notaire ; puis, elle était sortie lentement, en faisant signe à son fils de la suivre. Mais une telle émotion dépassait ses forces. Au moment où elle mettait le pied sur l'escalier, un nuage avait passé sur son front, et elle s'était affaissée, frappée d'une apoplexie foudroyante.

Maudhuy, comme ancien associé et ami du défunt, avait assisté à cette scène. Le soir, en rentrant chez lui, encore tout ému, il la raconta à sa jeune femme. Celle-c ne put réprimer un mouvement de joie.

— Oh ! Clémentine ! fit-il.

— Eh bien, oui ! dit-elle, c'est ainsi. Je ne compatis **pas aux** infortunes de madame de Charens. Je ia connais, voyez-vous !... elle et son fils... Là-bas, à Clamecy, nous étions voisins... Nous ont-ils assez écrasés de leurs mépris !...

En présence de cette animosité, Maudhuy hésitait à parler du codicille. En effet, dès les premiers mots, Clémentine se récria, disant qu'elle sortirait de la maison si M. de Charens y entrait.

Déjà Maudhuy cherchait un biais pour tourner cette difficulté, lorsque tout à coup elle parut se raviser. Elle convint, toute réflexion faite, qu'elle avait peut-être tort ; elle exagérait en tout cas : — « Les bureaux étaient tout « à fait distincts ; nulle cohabitation obligée ; puis, « c'était la volonté d'un mourant, chose sacrée ! »

— Bonne chère Clémentine ! fit Maudhuy en la baisant au front.

Quelques jours après, il allait trouver Louis de Charens et se mettait obligeamment à sa disposition. Le jeune homme le remercia, mais déclara qu'il ne se sentait aucune aptitude pour le commerce, qu'il allait tâcher de se créer une position plus en rapport avec ses goûts. Vainement Maudhuy lui fit observer qu'il perdait ainsi, de gaieté de cœur, un legs d'une certaine importance, que la carrière qui s'offrait à lui était, en somme, aussi honorable que lucrative : rien ne put le décider.

— Ma mère ne m'aurait certainement pas permis d'accepter, dit-il ; je refuse.

Cette réponse, rapportée à Clémentine, parut lui causer un vif désappointement.

Quant à Louis, après avoir rétabli quelque ordre dans ses affaires, qui étaient fort embrouillées, il s'occupa, comme il l'avait dit, de se créer une position. Il se mit à étudier la médecine. Mais la guerre de 1870 ne tarda pas à l'interrompre. Enrôlé dans les mobiles de la Nièvre, il fit bravement son devoir dans les combats autour d'Orléans, fut légèrement blessé à Arthenay, puis, en avril 1871, revint dans la Nièvre, où ses créanciers trop longtemps négligés commençaient à le harceler. La situation était critique. Tous les hommes d'affaires qu'il consulta lui conseillèrent de liquider. Vendre la maison paternelle ! il ne pouvait y consentir ; mais, pressé de plus en plus, il fallut bien qu'il se résignât. Des affiches furent apposées, des annonces insérées dans les journaux... Une de ces annonces tomba par hasard sous les yeux de madame Maudhuy.

Elle avait presque oublié Louis durant ces quatre années. Un enfant lui était né, qu'elle se prenait à aimer ; Suzanne, sa belle-sœur et son amie, de deux ou trois ans plus jeune qu'elle, venait de quitter son pensionnat et vivait près d'elle : la société de cette charmante jeune fille, les caresses de son enfant, les attentions de son mari avaient peu à peu assoupi sa haine ; cette malencontreuse affiche la réveilla.

Elle alla trouver son mari, et le pria d'acheter cette propriété, contiguë à celle de son père. Maudhuy fit quelques objections ; mais elle insista si bien que, le lendemain, il partait pour Clamecy, décidé à traiter à l'amiable avant l'adjudication.

Cette nouvelle entrevue entre les deux hommes ne fut pas moins cordiale que la première : ils éprouvaient l'un pour l'autre une véritable sympathie. Louis ne dissimula ni ses embarras ni son ennui. Maudhuy, sincèrement touché, rappela sa proposition d'autrefois, et lui offrit de désintéresser ses créanciers et de l'admettre dans sa maison, d'abord comme employé, ensuite comme associé. Louis, cette fois, n'eut pas la force de résister, il accepta avec reconnaissance.

Maudhuy, au retour, craignait les reproches de sa femme ; mais elle parut, au contraire, enchantée et le félicita.

Ce fut au commencement de juin 1871 que Louis entra dans la maison de la rue d'Enghien. Clémentine exigea qu'il lui fût présenté : ce n'était pas l'usage, sans

doute ; mais M. de Charens n'était pas un employé ordinaire, et il convenait de faire une exception en sa
faveur.

Cette présentation eut lieu ; Clémentine y fut superbe d'ironie impertinente : « Elle était ravie de revoir
« M. de Charens... Ils allaient être voisins, presque
« comme autrefois... Qu'était-il devenu depuis le temps ?
« Elle s'était toujours intéressée à lui. Il avait voulu
« faire de la médecine ? Pauvre métier. Que n'ac-
« ceptait-il tout d'abord les offres de Maudhuy ? Mais
« voilà ! on a ses préjugés, on ne veut pas compro-
« mettre dans une œuvre servile sa petite noblesse
« de campagne. Sans doute l'industrie de Maudhuy n'é-
« tait pas très-relevée ; mais enfin, il gagnait avec cela,
« bon an, mal an, une cinquantaine de mille francs, et
« cela valait mieux que de panser des écloppés... ou de
« poursuivre des héritages fallacieux. »

Tel fut, sinon le texte, au moins le sens de ses paroles. Maudhuy et Suzanne, visiblement gênés, tâchaient
d'amortir les coups ; mais chaque effort de leur part ne
faisait que redoubler l'acharnement de Clémentine.
Quant à Louis, irrité, impatienté, il fut vingt fois sur le
point d'éclater ; pourtant il se contint...

Lorsqu'il fut installé dans son emploi, les avanies

continuèrent de plus belle. Quoiqu'il n'y eût aucune communication entre l'appartement et les bureaux, Clémentine trouvait moyen de rencontrer **M.** de Charens et de lui lancer quelque sarcasme.

Il supportait stoïquement ces piqûres, bien que son cœur en saignât. Du reste, il trouvait une compensation dans les bontés inaltérables de Maudhuy et de sa sœur.

En peu de temps, il se mit au courant des opérations de la maison. A la fin de 1872, il fit un long voyage d'affaires en Angleterre et en Allemagne, et s'en acquitta fort intelligemment.

A son retour, Maudhuy, qu'il avait laissé un peu souffrant, était beaucoup plus mal. Le médecin avait ordonné un régime, l'air de la campagne dès que le temps le permettrait, un repos presque absolu : on craignait une affection organique du cœur. Louis fut très-péniblement impressionné.

— Laissez donc, dit Maudhuy ; cela se remettra. En attendant, mon cher ami, voilà que je ne suis plus bon à rien ; tout le poids de la maison va retomber sur vous. C'est le moment de tenir ma promesse : dès aujourd'hui nous sommes associés par moitié.

Louis voulut refuser ces avantages ; Maudhuy insista si énergiquement qu'il dut enfin accepter.

Clémentine, quand on lui parla de ce traité, ne le dés-approuva pas ; mais elle eut soin de laisser entendre à Louis que c'était une pure munificence qu'on lui faisait.

Une maison de campagne avait été achetée à Ville-neuve-Saint-Georges, au bord de l'Yère, dans un site magnifique. Dès les premiers beaux jours, en avril, Maudhuy s'y établit avec sa femme, son enfant et sa sœur : Louis restait à Paris, chargé de la direction de la maison ; trois ou quatre fois par semaine, il venait à Villeneuve rendre compte à son associé et conférer avec lui.

La santé de Maudhuy ne s'améliora guère pendant cette villégiature ; mais le caractère de Clémentine parut un moment se modifier. Depuis quelque temps, elle était triste, préoccupée, nerveuse. Tantôt elle semblait indifférente à la maladie de son mari, tantôt elle disputait avec Suzanne à qui le soignerait. A l'égard de Louis, le changement n'était pas moins remarquable : plus d'iro-nie ni de vexations, mais un bon sourire et de douces paroles, comme si elle eût voulu se faire pardonner ses torts.

Il paraissait insensible à ces nouveaux procédés. Alors, elle y mit une sorte d'insistance.

Chaque fois qu'il devait venir, elle avait soin de se

1.

trouver à la petite porte du parc, et elle l'accompagnait
lentement jusqu'à la villa. Elle lui confiait ses commis-
sions pour Paris, des choses de toilette la plupart du
temps, et elle entrait familièrement dans des recommandations de détail. Elle cherchait à se trouver seule avec
lui, pour le remercier de ce qu'il faisait, pour lui parler
de Maudhuy, dont l'état l'inquiétait... « Mon Dieu, s'il
venait à mourir! » Et, en disant cela, elle semblait l'interroger du regard; mais il répondait invariablement que
le mal n'était pas aussi grave qu'elle le supposait, et il
tâchait de la rassurer.

Cette froideur commençait à l'irriter : c'était un parti
pris, sans doute, un ressentiment des injures anciennes.
Elle résolut d'en avoir le cœur net. Un soir qu'elle le
reconduisait, seule, après quelques banalités sur les
chances de guérison de Maudhuy, tout à coup elle s'arrêta, et, le regardant en face :

— Si pourtant il venait à mourir... voyons?..

L'attaque était si directe qu'il tressaillit; mais aussitôt il détourna les yeux et répondit tristement :

— Ce serait un grand malheur, dont je ne me con-
solerais pas. Adieu, madame.

Elle le regarda s'éloigner, toute frémissante de colère
et de honte.

— Vois-tu, disait Luce, quand j'ai vu que c'était sé-rieux, je me suis fait porter ici, dans ta chambre, dans ton lit. Il me semblait, comme cela, que je m'entourais de toi, que je te sentais... ça m'a porté bonheur.

— Chère Tata...

— Au reste, tu vois, on n'a touché à rien ici, je ne l'aurais pas souffert!.. tout est dans le même état que quand tu nous as quittés.

Clémentine voulait avoir quelques détails sur cette maladie.

— Laissons cela, dit la tante, c'est passé... Mais toi, comment vas-tu? es-tu heureuse?

Clémentine déclara qu'elle était parfaitement heu-reuse : son mari était un peu souffrant, mais ce ne se-rait rien sans doute; il l'aimait et la comblait de soins; son enfant était gentil au possible; sa belle-sœur était sa meilleure amie...

— Ah! tant mieux! s'écria Luce rayonnante.

Puis, avec une nuance de tristesse :

— J'aurais pourtant bien voulu être témoin de ton bonheur, vivre de ta vie, près de toi... Mais c'est impossi-ble; qu'est-ce que ton pauvre père deviendrait sans moi!

Luce ne se lassait pas de causer. Elles évoquèrent une foule de souvenirs qui leur étaient chers à toutes deux ; elles s'attendrirent mutuellement. Le nom de madame de Charens ayant été prononcé :

— A propos, fit Clémentine, je ne t'ai pas dit ? Son fils, Louis de Charens, est, depuis quelques mois, l'associé de mon mari.

Luce tressaillit.

— Ah ! mon Dieu, que me dis-tu là ?

— Mais, rien que de très-simple, fit Clémentine d'un air indifférent. Après leur mésaventure... tu sais ? cette succession Quillat qui leur a échappé... ce pauvre garçon ne savait trop que devenir. Mon mari a eu pitié de lui ; il se l'est attaché, comme employé d'abord, puis comme associé. Je ne m'y suis pas opposée : c'était une occasion de rabattre son orgueil en lui faisant sentir sa dépendance.

Luce, alarmée, se fit raconter tout ce qui s'était passé entre Louis et sa nièce ; elle supplia celle-ci de cesser ses taquineries.

— Bien volontiers, fit Clémentine ; d'autant mieux qu'il semble ne rien sentir ; il n'a pas de cœur.

Dans la soirée, pendant que la malade reposait, elle se mit à fureter dans la maison, avec cette curiosité qui nous prend aux lieux autrefois habités, où chaque objet rappelle un souvenir. C'est ainsi qu'elle parcourut le jar-

din, suivant lentement les allées. Arrivée au fond, près
de la haie qui le sépare du parc voisin, elle s'arrêta :
sans doute un souvenir plus vif venait de surgir devant
elle, car sa poitrine se gonfla, ses yeux s'humectèrent ;
mais bientôt elle sourit amèrement, fit un geste de dépit
et se hâta de s'éloigner.

Cependant, il semblait qu'elle eût apporté la santé
dans la maison. Luce, depuis son arrivée, allait beaucoup mieux ; elle prenait quelque nourriture ; les forces
revenaient ; bientôt, elle voulut se lever. Ce fut Clémentine qui se chargea de l'habiller.

— Tu m'as assez souvent rendu ce service-là quand
j'étais petite, dit-elle. A mon tour, maintenant...

Elles continuaient leurs bonnes causeries. Un jour,
elles parlaient d'une petite tapisserie faite par Clémentine encore enfant, et que Luce avait précieusement con-
servée ; elles voulurent la revoir.

— Ce doit être là, dans ce placard, dit Luce.

Clémentine ouvrit le placard, et le trouva encombré de
plantes médicinales, d'onguents et de remèdes.

— Tu fais donc toujours de la pharmacie ? dit-elle en
riant.

— Oui, fit la vieille fille, et mes drogues valent mieux
que celles des médecins. Vois-tu cette petite fiole, à

droite? C'est un sirop de ma composition, qui m'a sauvée quand j'étais au plus mal.

La tapisserie en question ne se retrouva pas.

Le lendemain, par une sorte de caprice, Clémentine s'obstina à la chercher. Elle entra dans l'ancienne chambre de Luce, ouvrit les meubles, fouilla sans façon les tiroirs. Nombre d'objets connus lui passèrent sous les yeux... des jeux de cartes lui rappelèrent que sa tante, superstitieuse autant que dévote, ne faisait jamais rien sans avoir au préalable consulté le sort... Enfin, dans un coin reculé de l'armoire, elle aperçut une petite liasse de papiers.

— Tiens! pensa-t-elle en souriant, la correspondance amoureuse de Tata; ce doit être drôle.

Elle entre-bâilla le paquet, et, tout à coup, tressaillit : c'étaient, en effet, des lettres, et, sur une d'elles, cette adresse : *A mademoiselle Clémentine Baumet.*

— Comment! mon nom, à moi... sur ces lettres?

Elle défit précipitamment le paquet, déplia une des lettres, courut à la signature et lut : *Louis de Charens.*

Louis de Charens! dont elle n'avait jamais reçu un mot... Son saisissement était tel, qu'elle fut obligée de s'asseoir... Elle parcourut fiévreusement ces lettres.

Il y en avait cinq, toutes lettres d'amour, passionnées, brûlantes... les dernières plaintives et désolées de ce qu'on ne répondait pas... Et les dates? Septembre 1867, après le départ de Louis pour Paris, deux mois avant son mariage, à elle!...

D'un bond, elle fut dans la chambre voisine, auprès de Luce.

La vieille fille, déjà convalescente, était assise dans un fauteuil, et, toujours laborieuse, s'essayait à reprendre un ancien tricot. La brusque arrivée de sa nièce la fit tressaillir.

— Qu'as-tu donc? demanda-t-elle.

— Ce que j'ai? Tiens, regarde!

Et elle lui jeta les lettres sur les genoux.

Luce les reconnut d'un coup d'œil et poussa un cri d'angoisse.

— Ainsi, dit Clémentine, ces lettres que j'attendais avec tant d'impatience, tu les avais interceptées, et tu me les cachais!

—Ma bonne Nini, pardon! c'était dans ton intérêt, pour ton bonheur...

— Pour mon bonheur? Eh bien! sois satisfaite. Tu as fait de moi la plus misérable des créatures!

Et, comme Luce lui prenait les mains, elle la repoussa

et alla s'asseoir dans un coin, la tête basse, le regard farouche.

— Écoute-moi, ma bonne Nini, suppliait Luce, c'était pour ton bien. Je savais que M. de Charens t'aimait...

— Et comment le savais-tu? interrompit Clémentine en se levant; tu nous avais donc espionnés, surpris? Pourquoi ne pas m'avertir?.. Mais non! on dissimule, et, quelques jours après, quand on me voit dévorée d'inquiétude, quand j'interroge, on a l'air de ne rien savoir, on feint l'étonnement. Et cependant, ces lettres si avidement attendues, tu as eu le courage de les garder... et tu dis que tu m'aimes!

— Oui, je t'aime, tu le sais bien! Crois-tu que cela ne m'a pas saigné le cœur? Cependant j'ai résisté, et j'ai bien fait...

— Tu as bien fait?

— Oui. Où donc t'aurait menée cet amour? Est-ce que madame de Charens aurait consenti à votre mariage?

— Non, mais elle est morte. Son fils est libre.. Sans toi, je le serais aussi.

— Mais vous n'aviez de fortune ni l'un ni l'autre...

— Eh! que m'importe la fortune? Est-ce que je m'en soucie?

— Il fallait pourtant bien s'en soucier, alors. Tu sais

à quelle extrémité nous étions réduits; ton père avait
des dettes...

— Ah! très-bien! s'écria Clémentine avec une poignante ironie. Je comprends : c'était une question d'argent, un marché à conclure. Qu'importe qu'une pauvre fille ait un amour au cœur? Il s'agit bien de cela! Il faut que les dettes de son père soient payées : dût-elle en mourir, elle sera sa rançon... Et alors, au plus offrant!...

— Oh! Clémentine...

— Eh bien, quoi? tu ne m'as pas vendue, peut-être?... Et il s'est trouvé un homme pour cet infâme marché! et cet homme est mon mari! et mon sort est à jamais lié au sien! Oh! c'est hideux...

Mais Luce se traînait en suppliant vers elle :

— Eh bien, oui, maudis-moi, accable-moi, si tu veux; mais ne calomnie pas ton mari. Il est bon, généreux...

— Parce qu'il m'a achetée cher, n'est-ce pas? O misère! quand je pense que je me suis attendrie sur son désintéressement, et que chaque fois que je me surprenais à ne plus l'aimer, je m'accusais d'ingratitude!... Oui, je l'ai admiré, lui... tandis que l'autre, je l'ai haï, je l'ai couvert d'avanies et de mépris! Oh! me pardonnera-t-il jamais?

— Eh! qu'importe qu'il te pardonne? Ce qui est
fait est fait, et personne n'y peut rien... Es-tu
donc si à plaindre? Tu es heureuse, tu me l'as dit toi-
même...

— Ce n'est pas vrai, j'ai menti.

— Ton mari est parfait pour toi ; ton enfant...

— Je les exècre, et toi avec eux!

— Oh! Clémentine...

— Je suis une ingrate, n'est-ce pas? Parle-moi encore
de tes soins, de ton amour, de ton dévouement ! Tu peux
les garder pour toi, puisque c'est à cela qu'ils aboutis-
sent. Nous sommes bien quittes, va! Adieu.

— Clémentine, où vas-tu? Que veux-tu faire?

Clémentine la repoussa et sortit brusquement. La
vieille fille, brisée par ces émotions, roula sur le parquet
et s'évanouit.

Une demi-heure après, Luce, ramassée par la servante,
était dans son lit, en proie à une fièvre délirante; et Clémentine, après un adieu précipité à son père surpris, se
remettait en route pour Paris.

III

C'était, en effet, comme venait de le dire Luce, sous le coup d'une dure nécessité qu'avait eu lieu le mariage de Clémentine et de Maudhuy.

A cette époque (1867), les affaires de Baumet, grâce à son étonnante incurie, étaient dans le plus déplorable état. Son commerce de grains et farines ne lui avait rapporté que des dettes : les réclamations surgissaient de toutes parts; le papier timbré affluait; un désastre était imminent.

Le 27 août, l'huissier Florimond se présentait, suivi de son clerc et d'un porteur de contraintes nommé Gaudriat, dans cette même maison du faubourg de Beuvron que nous venons de voir Clémentine quitter si brusquement.

Au coup de sonnette, la figure inquiète d'une vieille fille parut au rebord d'une des fenêtres du rez-de-chaussée.

— Bonjour, mademoiselle Luce, dit l'huissier, qui la remarqua.

— Ah! c'est vous, monsieur Florimond... Qu'est-ce qu'il y a encore, mon Dieu?

Un instant après, la porte s'ouvrait.

Luce, sœur aînée de Baumet, pouvait avoir alors de quarante-cinq à cinquante ans. C'était une pauvre bossue dont la taille ne dépassait guère celle d'un enfant; cependant ses traits n'étaient pas désagréables, et ses petits yeux gris brillaient de vivacité et d'intelligence. Deux épais bandeaux de cheveux encore noirs, un nez recourbé, des lèvres minces brusquement abaissées aux commissures, un menton proéminent et une double ride verticale entre les deux sourcils, donnaient à sa physionomie une expression d'énergie, de malice et de ténacité.

Cette créature, à qui sa difformité interdisait toute pensée d'avenir personnel, avait de bonne heure concentré toute son affection sur son frère. Baumet était assez beau garçon, bien bâti, fort; elle en était fière, comme si elle se fût réhabilitée en lui. Quand il s'était marié, elle avait senti au cœur une pointe de jalousie.

Jamais elle n'avait pu souffrir sa belle-sœur ; mais, en revanche, elle adorait sa nièce, sa petite Nini, comme elle l'appelait, qu'elle comblait de caresses et de gâteries. La mort de madame Baumet lui avait causé une secrète joie : elle redevenait seule maîtresse dans la maison ; et, de fait, Baumet eût difficilement trouvé une ménagère aussi infatigable et aussi dévouée.

Cependant les années s'écoulaient. Nini était devenue mademoiselle Clémentine Baumet, une belle jeune fille de dix-huit ans. Sa tante, qui l'aimait avec l'emportement de l'amour maternel inassouvi, ne s'était décidée qu'à grand'peine à se séparer d'elle pour la placer dans un des meilleurs pensionnats de Paris : chaque année, aux vacances, elle admirait ses progrès ; et maintenant que la jeune fille venait de rentrer dans la maison pour ne la plus quitter, elle ne cessait de s'extasier sur ses perfections.

Mais cette joie était cruellement assombrie par la déconfiture inévitable de Baumet. Qu'allaient-ils devenir ? leur resterait-il seulement un morceau de pain ?... Luce séchait d'inquiétude et d'angoisse, et néanmoins dissimulait son tourment, afin de laisser jusqu'au bout à sa nièce sa joyeuse sécurité.

Cette fois encore, elle pensa qu'il s'agissait simple-

ment d'un de ces griffonnages que maître Florimord
avait l'habitude de lui apporter.

— Encore du papier timbré ! dit-elle tristement.

— En effet... Eh bien ! messieurs, vous n'entrez pas ?
fit l'huissier en se tournant vers son clerc et Gaudriat,
qui étaient restés à la porte.

La bossue tressaillit.

— Comment ! ces messieurs sont avec vous ?

— Sans doute.

— Mais alors... vous venez donc ?...

— Mon Dieu oui, pour saisir.

Elle resta atterrée t cacha son visage dans ses
mains.

Maître Florimond se livrait déjà à ces condoléances
banales par lesquelles il aplanissait le commencement
toujours scabreux de ces sortes d'opérations ; mais elle
releva brusquement la tête et l'interrompit.

— Monsieur Florimond, dit-elle, vous ne ferez pas
cela !...

— Mademoiselle !

— Vous ne ferez pas cela, vous dis-je.... Baumet
est votre ami...

— Qu'est-ce que ça fait ?

— Comment ! qu'est-ce que ça fait !... Allons, je vois

ce que c'est : Baumet est négligent, vous voulez lui faire peur...

— Je veux qu'il me paye.

— Combien vous doit-il donc ?

— Quinze cents francs, plus les intérêts et les frais.

— Mais qui donc nous poursuit avec cet acharnement ?

— M. Maudhuy, de Paris.

— Je ne le connais pas ; Baumet n'a jamais fait d'affaires avec ce monsieur.

— C'est possible ; mais il a fait un billet à ordre dont ce monsieur est porteur, et en vertu duquel...

— On ne saisit pas les gens comme cela ! s'écria la malheureuse vieille, qui ne savait à quoi s'accrocher ; il faut auparavant des assignations, des commandements... que sais-je ?...

— Je vous ai signifié tout cela.

— Mais non, je ne m'en souviens pas...

— Je m'en souviens, moi, et mon dossier est en règle... Voyons ! assez de discussions comme cela...

Luce, alors, se redressa autant que sa difformité le permettait, et prit une attitude résolue.

— Eh bien, non ! dit-elle, vous ne saisirez pas... je saurai bien vous en empêcher.

En parlant ainsi, elle serrait énergiquement sous sa
robe le trousseau de clefs qui ne la quittait jamais.
L'huissier vit ce geste et sourit dédaigneusement.

— Léon, dit-il à son clerc, tu vas aller chercher le
juge de paix et un serrurier pour nous ouvrir les meubles.

Cette perspective glaça subitement la vieille fille.
Toute son énergie céda d'un coup, et elle alla s'asseoir
en sanglotant sur une chaise dans la salle à manger.
Maître Florimond la suivit avec ses hommes et se mit
en devoir d'instrumenter sans retard.

Tout à coup, du fond de l'appartement, partirent les
sons joyeux d'un piano : deux ou trois gammes d'abord,
qui s'élancèrent comme des fusées, puis un court pré-
lude, et enfin une contredanse.

Les trois hommes se regardèrent, surpris. Quant à
Luce, dès les premières notes, elle avait tressailli
comme sous une commotion électrique. Elle s'élança
vers l'huissier, le visage en larmes, suppliante :

— Mon cher monsieur Florimond, c'est elle ! ma
nièce, ma pauvre petite Nini... vous savez bien ?... un
jour, quand elle était petite, vous l'avez fait sauter sur
vos genoux... Elle est grande maintenant, et belle, et
heureuse... car, Dieu merci ! elle ne sait rien de ces

— Ma bonne Nini, dit Luce, commençant son rôle, ces messieurs désirent t'entendre jouer ; tu ne refuseras pas de continuer pour eux. — Entrez donc, messieurs. —Allons ! monsieur Gaudriat, vous qui paraissez adorer la musique...

Elle était gaie, elle plaisantait !

— Eh bien ! te voilà toute décontenancée ? dit-elle en entrant dans la chambre et en voyant sa nièce troublée d'un malaise pudique. Tu connais pourtant ces messieurs. Voilà M. Florimond, un ami de ton père, qui vient nous rendre visite de temps à autre...

— J'ai vu mademoiselle hauté comme ça, dit l'huissier.

— Que voulez-vous ? mon cher monsieur Florimond... ça pousse, cette jeunesse... Mais que dites-vous de cette chambre ? N'est-ce pas que c'est gentil ?... Tenez, il y a ici un cabinet de toilette...

— Oh ! ma tante...

— Laisse donc ! c'est pour montrer à M. Florimond.

— Mais oui, très-bien, très-commode, fit l'huissier en jetant un coup d'œil.

— Il n'y a que ces deux pièces.. Mais regardez donc M. Gaudriat ! fit Luce en riant.

Gaudriat était, en effet, fort drôle. Depuis son entrée,

il n'avait eu d'yeux que pour le piano : après l'avoir con-
sidéré sous toutes ses faces, il s'était enhardi à le toucher légèrement du doigt, et la note qui en était résultée
l'avait aussi ému que s'il eût commis une grosse maladresse.

Tout cela, bien entendu, pour faire diversion et *amener au fait*. Non pas qu'il voulût abréger les angoisses
de Luce, — il en avait bien vu d'autres ! — ni qu'il
trouvât un peu bien dure cette loi française qui permettait à trois hommes d'envahir la retraite d'une jeune
fille, de fouiller ses meubles, d'éparpiller ses chiffons et
ses hardes, en respectant toutefois la robe qu'elle portait et le petit lit blanc et rose qu'on voyait dans un coin
(et encore le clerc jetait-il sournoisement sur ce lit un
regard libertin); mais uniquement parce que la soirée
était avancée et qu'il fallait se hâter.

Chacun rit de sa figure plaisamment inquiète ; et
Clémentine, pensant que sa tante lui avait amené ces
trois bonshommes pour l'amuser un instant, prit gaiement son parti de la situation.

— Il n'y a pas de mal, monsieur, dit-elle à Gaudriat ;
vous pouvez continuer.

— Non pas moi, fit-il galamment, mais vous, mademoiselle, si vous le voulez bien... Tiens ! qu'est-ce

qu'il y a donc d'écrit là ? dit-il en se penchant sur le piano.

— C'est la marque du fabricant.

— Ah ! en effet : « *Erard, facteur à Paris.* »

« Erard, facteur à Paris », écrivit à la dérobée maître Florimond sur son procès-verbal.

— Oh ! que de musique ! s'écria Gaudriat ; en voilà des cahiers ! dix... douze, dix-sept... vingt-cinq... vingt-sept cahiers !

« Vingt-sept cahiers ou partitions de musique », nota l'huissier.

— Maintenant, dit Luce, tu vas jouer quelque chose à ces messieurs, n'est-ce pas, ma Nini ?... Ce que tu voudras, peu importe.

Clémentine se mit au piano et préluda à l'ouverture de *Guillaume Tell.* Le clerc et Gaudriat, assis à droite et à gauche de l'instrument, l'écoutaient avec ravissement.

L'œuvre rossinienne semblait avoir été calculée juste pour que maître Florimond pût, pendant son exécution, se glisser dans le cabinet de toilette et y exercer son ministère ; il reparut au moment où la dernière mesure s'achevait.

— Oh ! encore quelque chose, mademoiselle, je vous en supplie, dit l'insatiable Gaudriat.

Clémentine commença un autre morceau ; et l'huissier en profita pour noter tout ce qui se trouvait dans
la chambre. Luce l'accompagnait, ouvrant et refermant
avec précaution les tiroirs devant lui. Tout en écrivant,
il surveillait les mains de la vieille fille ; cependant elle
parvint à glisser dans sa poche, sans qu'il s'en aperçût,
une petite montre en or et un album de photographies.

— Là ! c'est assez, dit maître Florimond en serrant
ses papiers ; il ne faut pas abuser de la complaisance...
Mademoiselle, nous vous remercions... vous avez un
magnifique talent.

Le clerc et Gaudriat renchérirent sur ces compliments,
et tous trois, pressés par un regard impérieux de Luce,
sortirent en s'inclinant.

La porte était à peine refermée, qu'ils entendirent
derrière eux un petit rire argentin.

— Entendez-vous, dit le clerc à son patron, cette
petite bécasse qui se moque de nous, et qui ne se doute
pas que c'est elle qui vient d'être bridée ?

— Pauvre petite ! murmura l'huissier.

IV

Mais c'en était trop pour les forces de Luce. A peine les trois praticiens sortis, ses nerfs se détendirent, et elle s'affaissa sur une chaise. Clémentine, qui survint un instant après, la trouva toute baignée de larmes.

— Ah ! mon Dieu, qu'as-tu donc ?

— Rien, rien... fit la bossue avec un sourire, en revenant de conduire ces messieurs, le pied m'a glissé, et ma tête a porté là, contre le chambranle.

— Pauvre Tata !... moi qui venais rire un peu avec toi de ces trois bonshommes.

La vieille fille l'attira sur ses genoux et là pressa énergiquement contre sa poitrine.

3

A elles deux, ainsi émues, enlacées l'une à l'autre, elles formaient un groupe charmant, où la laideur et la difformité de Luce faisaient ressortir la beauté de Clémentine; — car la jeune fille justifiait dans une certaine mesure l'enthousiasme et les adorations de sa tante. Elle était brune, de taille moyenne, quoique le développement de la poitrine et des hanches la fît paraître moins grande : sa taille ! — cruel souci de Luce autrefois, maintenant son admiration et sa joie, ferme dans sa mobilité et sa souplesse... La saillie du sein accusait un plein épanouissement de puberté; le cou, rond et poli, duveté près de la nuque, supportait fièrement les lourdes tresses noires qui le surmontaient. Cette force, du reste, n'excluait pas la distinction : la main était mignonne, le pied petit et bien cambré, les traits délicats ; mais l'ensemble de la physionomie, avec ces grands yeux noirs tour à tour vifs et profonds, ces lèvres rouges et sensuelles, cette pâleur mate et chaude de la peau, trahissait une nature ardente et passionnée... Et néanmoins, dans cette adolescence de fraîche date revenaient, de temps à autre, des échappées d'espiéglerie enfantine auxquelles elle cédait volontiers; témoin ce regain de franc rire qu'elle venait chercher aux dépens de maître Florimond et de ses compagnons; mais les larmes de Luce l'avaient glacée...

— Quand je te dis, répétait celle-ci, que c'est passé... Et puis, le beau malheur, vraiment !... Allons ! vite, mademoiselle, faites une risette à votre Tata.

Elle parvint ainsi à la distraire, et elle la renvoya, quelques minutes après, dans sa chambre, sans qu'elle eût conçu le moindre soupçon.

Baumet, pendant ce temps, flânait insoucieusement dans la ville. Il ne rentra que fort tard, de mauvaise humeur, peut-être un peu ému par quelques libations. Luce ne lui parla pas de ce qui venait de se passer : à quoi bon ? cela n'aurait servi qu'à l'exaspérer... Comme il devait, le lendemain, se mettre en route de bon matin, il se hâta de manger un morceau, puis de gagner son lit ; dix minutes après, Luce l'entendait ronfler avec l'abandon d'une conscience satisfaite.

Elle comptait, elle, passer sa nuit à ruminer des expédients. Pour s'inspirer, elle entra dire bonsoir à sa nièce, qu'elle trouva occupée à broder sous sa lampe. Elle la gronda.

— Mais tu veux donc te perdre les yeux, devenir bossue comme moi ?...

Clémentine quitta son travail, et elles se mirent à causer. Toutes deux étaient plus sérieuses, plus attendries que d'habitude. Luce, par un caprice, voulut, avant de la quitter, lui faire dire sa prière, comme autrefois quand elle était petite, et Clémentine se prêta de bonne grâce à ce manége. Elles allèrent s'agenouiller et joindre les mains devant le petit crucifix d'ivoire suspendu au chevet du lit, et mis, comme tout le reste, par maître Florimond, *sous la main de justice*. Luce disait une phrase, et Clémentine répétait.

— « Et faites-moi la grâce, Seigneur... » ajouta Luce.

— Mais je croyais que c'était fini?

— Non, dis comme moi.

— « Et faites-moi la grâce, Seigneur... »

— « De m'accorder un bon mari. »

— Ah ! Luce... fit Clémentine en se jetant, toute rouge, dans les bras de sa tante.

Un bon mari, riche surtout, tel était, en effet, le fond de la pensée de Luce, son espoir, son unique ressource. Certes, il n'était pas impossible qu'un jeune homme, en voyant Clémentine, s'éprît assez passionnément d'elle pour l'épouser sans dot et malgré la ruine de son père ; mais où était-il, ce jeune homme? Quelle chance avait-on de le rencontrer? Viendrait-il à temps?...

C'était le cas ou jamais de consulter les cartes ; et Luce n'y manqua pas, dès qu'elle fut rentrée, seule dans sa chambre.

Tandis qu'elle se livrait à cette occupation, il lui sembla entendre un léger bruit dans la chambre de Clémentine. Elle écouta, fut sur le point d'appeler, mais se retint, de peur d'effrayer mal à propos sa nièce ; d'ailleurs, il importait de terminer d'abord cette réussite... C'en fut vraiment une : le valet de cœur survint juste à point pour couper court aux maléfices de la dame de pique, et, pour comble de bonheur, il était accompagné du neuf de trèfle.

Toute joyeuse, elle allait se mettre au lit, quand le bruit qu'elle avait entendu se renouvela, plus distinct. Cette fois, il n'y avait plus à douter, c'était bien dans la chambre de Clémentine.

Que se passait-il donc ? En un instant, elle fut sur pied, courut à la porte de communication, l'entr'ouvrit doucement. La chambre de Clémentine était dans l'ombre ; la lampe baissée, mais non éteinte. Elle entra avec précaution, jeta un coup d'œil sur le lit : il n'était pas défait ; personne dans la chambre ni dans le cabinet de toilette !... Effrayée, elle allait crier, quand un air frais la frappa au visage : la porte du jardin était ouverte.

— Elle est là ! pensa-t-elle en s'avançant sur la pointe du pied ; mais comment se fait-il, à onze heures du soir ?...

Tout à coup, le souvenir de Louis de Charens, et plusieurs indices auxquels elle n'avait pas attaché d'importance jusque-là, lui revinrent : elle comprit !... Mais que faire ? Appeler Clémentine, l'interroger ?... C'était le moyen de ne rien savoir. Cependant, en prêtant l'oreille, elle crut entendre un léger craquement du sable dans les allées, puis le chuchotement de deux voix... Sans plus hésiter, elle revint sur ses pas, referma la porte de communication, et descendit dans la cour.

La nuit était assez claire pour qu'on pût se diriger. Luce suivit avec précaution le mur du jardin, puis pénétra, au fond de la cour, sous une remise séparée du jardin par un mauvais bardeau, dont les planches disjointes permettaient de voir et d'entendre. En appliquant son œil à l'une des fentes, elle aperçut, à quelques pas d'elle, près de la haie du parc, sa nièce, et, de l'autre côté, dans le parc, un jeune homme, évidemment Louis de Charens. Ainsi, c'était bien un rendez-vous d'amour !

Elle retint son souffle et écouta.

— Et vous partez demain? disait plaintivement la jeune fille.

— Chère Clémentine, il le faut.

— Oh! mes pressentiments! murmura-t-elle.

Il la supplia de ne pas s'alarmer : « Ce voyage était

inévitable. Il s'agissait d'un oncle, du frère de sa mère, qui se mourait à Paris, qui n'avait pas d'autres parents, d'autres héritiers qu'eux : c'était bien le moins qu'on allât lui fermer les yeux... Mais, avant un mois, tout serait sans doute fini, et il serait, lui, de retour. »

— A moins, dit-elle, que vous ne restiez à Paris et que vous ne m'oubliiez...

— Ah ! Clémentine...

Il y avait dans cette exclamation une tel accent de sincérité, qu'elle regretta le doute qu'elle venait d'émettre.

— Oui, dit-elle, vous êtes sincère en ce moment, je le crois ; mais qui sait si, plus tard ?...

— Jamais ! s'écria-t-il, toute ma vie est à vous.

Et il voulut prendre, à travers la haie, la main de la jeune fille et la porter à ses lèvres ; mais, une épine s'étant rencontrée ; Clémentine poussa un petit cri.

— Oh ! maladroit que je suis... pardon !

— Ce n'est rien, dit-elle. Mais que faites-vous donc ?

Il venait de se glisser à travers la haie, au risque de se déchirer, et il était à côté d'elle. Elle voulut s'éloigner ; mais il la retint, s'excusant de son audace, et, en même temps, il portait sa main à ses lèvres pour aspirer la gouttelette de sang qui sortait de cette légère piqûre.

— Je vous en prie, dit-elle, éloignez-vous... Si on nous voyait !...

— Qui peut nous voir ? que craignez-vous ? Mon amour est aussi respectueux que profond... Est-il donc vrai que vous en doutiez ?...

Probablement elle était convaincue, car il avait passé timidement son bras autour de sa taille, et elle ne se défendait pas contre cette chaste caresse. Ainsi rapprochés, ils s'enivraient l'un de l'autre, et elle sentait le souffle enflammé du jeune homme sur ses cheveux et sur son front.

Alors ce furent de nouvelles protestations, des promesses solennelles de s'écrire : ses lettres seraient sa seule consolation, à elle ; il pouvait les lui adresser directement, celles des amies de pension qu'elle avait laissées à Paris lui arrivant sans difficulté. En même temps, il se proposait de s'arracher à cette vie oisive et sans but, de se créer une carrière ; car il avait des rêves d'ambition, non pour lui, mais pour elle, à qui son sort était indissolublement lié, et qu'il n'imaginait pas autrement que riche, fêtée, adulée...

Elle écoutait, pensive et délicieusement recueillie, cette douce musique d'amour ; sa taille s'assouplissait sous l'étreinte du jeune homme, son sein battait presque contre sa poitrine,... lorsqu'ils furent brusquement tirés de leur extase par une voix criarde et effarée qui, de l'autre bout du jardin, appelait Clémentine. C'était Luce, qui, suffisamment édifiée, jugeait à propos d'interrompre ces épanchements.

— Ma tante! Ne bougez pas! murmura rapidement Clémentine.

Puis, à haute voix :

— Me voilà... qu'y a-t-il donc?

— Enfin!... Ah! mon Dieu, que tu m'as fait peur! gémit la voix.

— Adieu, chère Clémentine, murmura le jeune homme en la pressant sur sa poitrine.

Sans répondre, elle lui jeta ses deux bras autour du cou et l'attira; leurs bouches se rencontrèrent et s'étreignirent.

— Mais viens donc! répétait Luce.

Tout à coup, elle le repoussa et s'enfuit à travers le jardin, en le laissant frémissant, éperdu.

Une violente migraine et le besoin de prendre l'air expliquèrent sans la moindre difficulté, tant Luce y mit de complaisance, cette sortie nocturne.

Le lendemain matin, vers sept heures, quelque temps après que Baumet se fut mis en route, Luce laissa sa

3.

nièce encore couchée sous la garde de la servante, et sortit sous prétexte d'aller au marché, mais en réalité pour consulter un agent d'affaires nommé Rastard. C'était un ancien huissier destitué, fin et retors, dont la clientèle avait doublé depuis sa mésaventure. — « Je m'en moque pas mal! disait-il en faisant allusion aux panonceaux disparus de sa porte; mes confrères ont les plats à barbe, mais c'est toujours moi qui rase! »

— Je vous attendais, dit-il à Luce en prenant le procès-verbal de saisie qu'elle lui tendait.

— Comment! vous saviez donc?...

— Oui, Florimond m'a conté cela hier soir... C'est très-joli, cette saisie en musique...

Selon lui, il n'y avait pour Baumet qu'un parti à prendre : assembler ses créanciers et leur proposer un concordat amiable; il se faisait fort, lui, Rastard, d'obtenir ce concordat à quarante pour cent, peut-être même trente-cinq.

Mais ce moyen répugnait à Luce; elle eût préféré emprunter.

— Emprunter! fit Rastard. Et à qui, mon Dieu?

— J'avais songé à notre voisine, madame de Charens.

Rastard éclata de rire.

— La détresse, fit-il, qui emprunte à la misère!

Il expliqua dans quelles conditions désastreuses s'était faite la liquidation du défunt baron.

— Mais vous savez ces choses-là aussi bien que moi, ajouta-t-il.

— C'est vrai, dit Luce ; mais madame de Charens a un frère riche à Paris, qui se meurt, et dont elle va hériter.

— Tiens ! vous avez songé à cela ?

— Oui, et j'ai appris que madame de Charens partait ce matin pour Paris, avec son fils... et...

Luce, troublée par le regard sardonique de son interlocuteur, hésita.

— ... Et, dit Rastard, vous voudriez savoir quelles chances elle a d'hériter, et de combien ?

— Oui.

— Tout cela en vue d'un emprunt à contracter ?

— Sans doute.

— Allons donc ! à d'autres ! fit Rastard. Vous avez une autre idée.

— Mais, monsieur Rastard...

— On ne m'en conte pas, ma chère demoiselle. Et, tenez ! voulez-vous que je vous la dise, moi, votre idée ? Vous avez une jeune nièce...

Luce rougit.

— Ah ! vous voyez !... Allons, c'est bien, fit-il en lui

prenant la main; j'aime les gens qui s'ingénient et se remuent. Le fait est que votre nièce est superbe, et c'est une ressource...

— Mais, monsieur Rastard, je vous assure...

— Bon! laissez donc... Je vois cela d'ici : on est voisins, — les jeunes gens se connaissent, ont l'air de se plaire, — et vous vous dites qu'il y aurait peut-être là... L'idée est bonne, je le répète; mais, malheureusement, vous en faites ici une détestable application : les de Charens sont presque aussi bas percés que vous.

— Mais cette succession?

— Cette succession? Voulez-vous que je vous dise, entre nous?... eh bien, ils feraient aussi bien de ne pas se déranger; ils n'auront pas ça! dit Rastard en faisant craquer l'ongle de son pouce sur ses incisives.

En ce moment, la porte du cabinet s'ouvrit, et maître Florimond entra. Il venait, sachant que Luce était chez l'homme d'affaires, lui remettre une assignation en déclaration de faillite.

— Mais c'est donc une persécution! s'écria Luce, en apprenant que ce nouvel exploit lui venait de la part de Maudhuy.

Rastard (qui poussait sous main cette procédure, pour forcer Baumet à *sauter le pas*) répondit que M. Maudhuy n'était rien moins qu'impitoyable, qu'il ignorait même tous ces détails, mais qu'enfin les affaires... étaient les affaires.

— Et j'espère, ajouta-t-il, que, cette fois, votre frère n'hésitera plus à rassembler ses créanciers. Ça presse, Dieu merci !

Il reconduisit l'huissier. En rentrant, deux minutes après, il souriait d'une façon singulière.

— Ce serait drôle, pensa-t-il tout haut. Après tout, pourquoi pas ?

Puis, à Luce :

— Savez-vous ce que vient de me dire Florimond ?

— Quoi donc ?

— Que **M.** Maudhuy vient d'arriver, avec sa petite sœur, dans sa propriété des Ronchées. C'est à quelques lieues d'ici.

— Eh bien ?

— Eh bien, vous ne feriez peut-être pas mal d'y aller... mais pas seule...

— Comment ! pas seule ?

— Non, votre nièce vous accompagnerait...

— Oh ! monsieur...

— En tout bien tout honneur, rassurez-vous... M. Maudhuy est célibataire, riche... et, dame !... Main-

tenant, cela vous regarde ; je ne fais pas concurrence à
M. de Foy... En tout cas, n'oubliez pas de m'envoyer
votre frère, ajouta-t-il en tendant la main à un de ses
clients qui venait d'entrer.

V

Luce n'était pas au bas de l'escalier, que déjà elle voyait son frère sauvé de la ruine et sa nièce richement établie.

Mais ce n'était là qu'un rêve... Se réaliserait-il ?...

En passant sur la place de l'Eglise, elle aperçut une noce de *flotteurs* qui sortait de la mairie, mariés en tête : cela lui parut du meilleur augure.

Elle entra dans l'église pour faire sa prière, s'agenouilla, tira de sa poche le livre d'Heures qui ne la quittait jamais, l'ouvrit, et reconnut la photographie d'une jolie fillette de quinze ans, avec ces mots écrits au bas : *A ma bonne amie Clémentine Baumet,* Suzanne Maudhuy.

C'était l'album qu'elle avait sauvé, la veille, des griffes de maître Florimond.

Elle faillit s'évanouir de saisissement. Suzanne Maudhuy ! Probablement cette jeune sœur dont Rastard venait de parler ?.. Et c'était l'amie de Clémentine ! Mais alors, ce mariage allait de soi ; c'était indiqué... plus de doute possible !

— Vous-même, ô mon Dieu !... s'écria-t-elle, et dans votre propre maison !

Dès ce moment, rien ne devait plus la surprendre de ce qui concourrait fortuitement à la réalisation de son rêve.

Ainsi, lorsque après avoir rejoint Clémentine, elle apprit que celle-ci venait de recevoir une lettre d'une de ses amies de pension :

— De Suzanne Maudhuy, n'est-ce pas ? dit-elle.

— Tiens ! comment le sais-tu ?

— C'est ta meilleure camarade ; tu m'as fait voir son portrait dans ton album.

— Oui, c'est d'elle... Et elle me menace d'une chose impossible. Ah ! mais non, je n'irai pas ..

En parlant ainsi, elle regardait, toute préoccupée, du côté de la rue. Tout à coup, elle jeta la lettre sur la table, courut à la fenêtre, se pencha... En ce moment, Louis de Charens passait avec sa mère ; un domestique brouettait derrière eux des bagages. Luce vit Louis et Clémentine échanger un léger signe d'adieu.

— Oui, regardez-vous bien, pensa-t-elle, dites-vous adieu ; car vous ne vous reverrez plus de sitôt, je vous en réponds !

Elle avait ramassé la lettre de Suzanne et la lisait. La gentille enfant informait son amie : « qu'elle et son frère venaient d'arriver aux Ronchées, où ils resteraient au moins huit jours, peut-être davantage ; que c'était bien le moins, puisqu'elles ne se reverraient plus à la pension, qu'elles profitassent de ce voisinage : trois lieues, ce n'était rien ; Clémentine viendrait passer quelques jours aux Ronchées ; Suzanne, de son côté, irait à Clamecy. Ce serait délicieux. Et cela se renouvellerait sans doute les années suivantes, car Maudhuy tenait beaucoup à cette petite ferme, où lui et sa sœur étaient nés ; il la faisait arranger ; il y viendrait de temps à autre, quand le chemin de fer projeté fonctionnerait... »

« Ce n'est pas lui, je pense (terminait la lettre), qui « t'effarouchera. Il t'a vue à la pension, et il t'aime beau- « coup, parce qu'il sait que tu aimes son petit bout de « sœur. Il ne songe qu'à ses affaires, et il nous laissera « parfaitement tranquilles : nous serons les maîtresses « ici ; nous jouerons à la fermière, nous dirigerons la « basse-cour, la laiterie... Mais je vous connais, made- « moiselle ! vous êtes une grande personne, et vous

« ferez fi de la société et des amusements d'une petite
« fille... Prends garde ! si tu n'es pas ici demain soir,
« après-demain j'irai te relancer avec ma fidèle miss
« Mary (elle est forte comme un gendarme), et nous sau-
« rons bien te faire réparer ton crime de lèse-amitié... »

— Mais c'est parfait ! dit Luce en montrant la lettre.

— Ah ! laisse-moi tranquille, fit Clémentine irritée.

Et elle s'enfuit dans sa chambre, les yeux humides et
le cœur serré.

Luce n'insista pas, comptant sur la visite annoncée de
Suzanne.

En effet, le lendemain, une vieille calèche, attelée d'un
fort limonier et conduite par un paysan en blouse, s'arrêta devant la porte. Une gouvernante grande et sèche
et une toute jeune fille en descendirent. Celle-ci, blonde
et gracieuse enfant, sauta légèrement à terre, courut à
la maison et se jeta dans les bras de Clémentine, qu'elle
rencontra dans le corridor.

— Et voilà comme tu me reçois ! dit-elle, toute con-
tristée, en voyant l'accueil froid de son amie.

Bientôt, ce furent des explications, des prières, de
tendres reproches ; car Clémentine, sous de mauvais prétextes, se défendait de partir. Vainement Luce joignit
ses instances à celles de Suzanne ; il fallut que Baumet,

qui par hasard se trouvait à la maison, et que les beaux yeux bleus de Suzanne tout noyés de larmes apitoyaient, décidât la victoire par une énergique injonction.

Mais Clémentine stipula qu'elle ne resterait pas long-temps, qu'on viendrait la chercher dans quelques jours.

— Et, s'il m'arrivait quelque lettre, tu ne manquerais pas, dit-elle à sa tante, de me la renvoyer tout de suite?

— Je te le promets, sois tranquille.

Quelques heures après, la lourde calèche, emportant les deux jeunes filles, reprenait le chemin des Ronchées.

VI

Ce fut le jeudi 9 septembre qu'eut lieu, dans le cabinet de Rastard, l'assemblée des créanciers.

Baumet s'y rendit dès neuf heures et demie. Il trouva l'homme d'affaires en conférence avec un grand gaillard moustachu, à l'air revêche, qui, en le voyant entrer, grommela :

— Allons, bon ! Voilà que ça commence, le défilé des victimes...

— Comment ! des victimes? s'écria Baumet. Apprenez, monsieur, qu'ici on ne sacrifie personne.

— C'est le failli ! souffla tout bas Rastard à l'homme à moustaches.

— Ah ! c'est différent, fit celui-ci en saluant ironiquement Baumet. — Monsieur, quelque pitoyable que soit le rôle que je viens jouer ici, je le préfère encore au vôtre.

— Hein! qu'est-ce que c'est? dit Baumet. Il ne faudrait pas m'insulter, voyez-vous!

— Mais tais-toi donc! dit Rastard à l'oreille de Baumet; c'est le représentant de la maison Sauvageot, de Paris, à qui tu dois deux mille francs.

— Je me moque bien de Sauvageot!..

L'arrivée des créanciers coupa court à ces aménités.

Ils entraient, l'un après l'autre, avec leurs titres sous le bras, graves et compassés comme des diplomates, et se rangeaient, au fur et à mesure, le long des murs du cabinet, où Rastard avait disposé des siéges: c'était Fillon, l'usurier; puis Sicorel, le peaussier escompteur; puis Duclou, le prête-nom d'un riche personnage bien connu, et Morinant le doucereux, et Niquedat le pingre, et Fouchelard l'intraitable; puis, quelques praticiens porteurs de procurations, et enfin, une douzaine de fermiers et petits propriétaires des environs à qui Baumet avait acheté des grains, et qui se demandaient combien ils allaient toucher du prix de leurs récoltes.

Rastard commença l'exposé de la situation:

— Messieurs, dit-il, M. Baumet, votre débiteur et, je ne crains pas de le dire, votre ami, car, en dépit de récentes difficultés, vous lui avez tous gardé, j'en

suis sûr, votre estime et votre amitié ; —M. Baumet, dis-
je, à la suite de malheurs aussi imprévus qu'immérités...

— Oh ! des malheurs... fit ironiquement Sauvageot.

— Oui, des malheurs ! insista Rastard ; et, si le
temps me permettait de vous faire le récit de ses opérations pendant ces dernières années, vous verriez...

— Allons donc ! interrompit Sauvageot, je vais vous
les dire, moi, ses malheurs ; c'est la paresse, la négli-
gence, les longues stations dans les cafés...

— Comment ? comment ? s'écria Baumet furieux.

— Et puis, continua Sauvageot, ses folles dépenses.
Monsieur ne se refusait rien ; il a fait élever sa fille
comme une princesse...

— Oh ! le gredin, qui va me reprocher l'éducation de
ma fille !... Mais laissez-moi donc, vous autres ! cria-t-
il à deux ou trois campagnards qui l'empêchaient de
s'élancer ; il faut que je le corrige.

— Voyons, voyons, disaient d'autres créanciers à
Sauvageot, ne l'excitez pas ainsi. A quoi cela sert-il ?

— Ça sert à me soulager. Je perds assez avec lui pour
lui dire au moins son fait.

— Mais, nous aussi, nous perdons.

— Oh ! vous autres...

— Eh bien, quoi ? nous autres...

— Est-ce que notre argent n'est pas aussi bon que le vôtre ?

— Laissez-moi donc ! entre provinciaux, vous trouvez toujours moyen de vous arranger.

— Comment ! de nous arranger ?... Qu'est-ce que ça veut dire ?

— Est-ce que vous doutez de nos créances ?

— Est-ce que vous nous prenez pour des fripons ?

Ce fut un *tolle* général, et Sauvageot dut s'excuser au plus vite.

Rastard déplora ce conflit ; puis, il reprit son exposé de situation, d'où il résultait que Baumet avait... tant d'actif... tant de passif... que, par conséquent, il pouvait, à la grande rigueur, fournir un dividende de cinquante pour cent...

— Mais, messieurs, vous ne voudriez pas d'un pareil résultat. Baumet est de bonne foi, et il serait indigne de vous de le dépouiller complétement. D'ailleurs, il est encore jeune ; il faut qu'il puisse travailler, rétablir ses affaires ; pour cela, un léger capital lui est indispensable.

Et Rastard proposait de laisser à Baumet sa maison avec une dizaine de mille francs, ce qui réduirait le dividende à trente-cinq pour cent.

A peine avait-il achevé, que Sauvageot se leva et dit énergiquement :

— Je refuse !

— Ah ! alors, que proposez-vous ?

— Je veux que Baumet fasse abandon dé tout ce qu'il a ; je veux qu'on ne lui laisse pas un centime.

Un murmure de désapprobation accueillit ces paroles.

— Ah ! ça ne vous va pas ? fit Sauvageot en promenant un regard circulaire sur l'assemblée ; vous avez foi, vous autres, dans l'activité, dans l'intelligence commerciale de Baumet ? Moi, j'ai le regret de ne pas y croire ; Baumet sera ce qu'il a toujours été : un dissipateur, un coureur de foires et de cabarets... C'est mon opinion, que voulez-vous ?... Maintenant, j'admets que je puis me tromper ; soit ! Baumet s'amendera ; il travaillera sérieusement à réparer ses pertes ; c'est une épreuve à tenter, et je lis clairement dans vos yeux que vous êtes résolus à la tenter... très-bien ! Mais, messieurs, permettez-moi de vous le dire, quand on se livre à de pareilles expériences, encore faut-il qu'elles aient quelque chance de succès. Or, que voulez-vous que Baumet, — qui, avec toute sa fortune en main, a abouti au point que vous voyez, — fasse des dix malheureux mille francs qu'on propose de lui laisser ?

C'est une dérision ! Ou arrêtez-le net ; ou, si vous voulez qu'il marche, donnez-lui les moyens de marcher... Au surplus, faites comme vous voudrez ; tout cela m'est à peu près égal : il y a longtemps que j'ai fait le sacrifice de ma créance !

Il s'éloigna, d'un air de dédain, et alla s'asseoir dans un coin.

Des chuchotements s'élevèrent de toutes parts dans la salle. Rastard, qui, pendant cette tirade, avait gardé une attitude méditative, releva la tête et déclara que, si Sauvageot avait le tort de méconnaître les bonnes intentions et les aptitudes de Baumet, au moins il appréciait sainement la situation ; qu'en effet, si on voulait que Baumet réussît, il fallait lui en laisser les moyens...

Tandis qu'il pérorait, Baumet, qui avait sur le cœur les injures de Sauvageot, s'approcha de celui-ci d'un air menaçant.

— Mais tenez-vous donc tranquille ! lui dit tout bas Sauvageot ; est-ce que vous ne voyez pas que c'est un *truc pour amorcer?...*

Ces mots : *un truc pour amorcer*, éclairèrent subitement Baumet. Il comprit que Sauvageot était le compère de Rastard; que, depuis le commencement de la séance, il s'était montré intraitable et avait blessé les

4

autres créanciers, pour leur inspirer le désir de se venger de lui en se montrant indulgents envers leur débiteur.

Malheureusement, Baumet n'avait pas été seul à entendre la confidence de Sauvageot.

— Comment! pour *amorcer?* s'écria Fillon, qui, dissimulé près de là, avait saisi le propos... Messieurs! on se moque de nous, on nous exploite!...

De tous les côtés, ce ne fut bientôt qu'une clameur : « — Comment? qu'est-ce qu'il y a? — Ce monsieur « nous *amorçait!* — C'est une indignité! — Il vient « d'en convenir! — Je m'en doutais. — On ne fait pas « ces choses-là pour rien. — Je parie qu'il a son ar- « gent en poche. — Quel filou! — A la porte! — Sor- « tons de ce guêpier! » etc.

Baumet était ahuri; Sauvageot protestait de son mieux; Rastard suppliait qu'on l'écoutât, mais on lui tournait le dos ou on le narguait.

« — Vous nous y reprendrez une autre fois! — « Comme il nous fourrait dedans! — Plus d'accord! « — Il faut qu'il dépose son bilan. — En faillite, Bau- « met! — On devrait les emprisonner tous trois. — « Bonsoir, monsieur Rastard!... »

Et le flot des créanciers se dirigeait vers la porte.

Tout à coup, cette porte s'ouvrit du dehors, toute grande, et Luce apparut dans l'encadrement, calme et souriante. Il se fit une sorte de silence.

— Eh bien, messieurs, fit-elle, qu'est-ce qu'il y a? Vous n'étiez pas d'accord, ce me semble?

— Ces messieurs, dit Rastard, ne veulent plus entendre parler de concordat.

— Ils ont raison, dit Luce, je viens pour les payer intégralement.

Un murmure d'admiration courut dans la salle. On lui fit place, et elle se dirigea vers le bureau de Rastard, entre une double haie de visages, tout à l'heure furieux ou désappointés, maintenant épanouis.

— Veuillez faire l'appel, dit-elle à Rastard.

En même temps, elle tirait de sa poche une grosse liasse de billets de Banque.

L'appel commença. Chaque créancier se présentait à l'appel de son nom, remettait ses titres, touchait ce qui lui était dû et se retirait. Et les noms se succédaient; et Baumet n'y comprenait absolument rien; et Rastard, presque scandalisé, s'écriait :

— Mais ce n'est plus une faillite !

— Non, c'est une libération complète, dit Luce en congédiant le dernier créancier payé.

— Ah çà ! m'expliquera-t-on enfin ce que cela signifie ? s'écria Baumet.

— Rien de plus facile, dit Luce ; viens avec moi.

Et, après avoir salué et remercié Rastard, elle se dirigea avec son frère vers le faubourg de Beuvron.

VII

Il est à peine nécessaire d'expliquer ce qui venait de se passer ; on le devine.

Ce n'était pas seulement parce qu'elle était la camarade préférée de sa sœur, que Maudhuy aimait Clémentine, mais parce que, dans les rares occasions où il lui avait été donné de la voir, il avait admiré sa beauté, et senti, en sa présence, ces vives secousses intérieures par lesquelles s'annonce la passion.

Ce n'était pas non plus fortuitement, comme le croyait l'innocente Suzanne, qu'il était venu passer quelques jours aux Ronchées, mais parce qu'il savait que les deux amies profiteraient de ce rapprochement, et qu'il pourrait ainsi revoir Clémentine.

Calcul inconscient, du reste ; car cette passion dont il

4.

se sentait envahi, l'attristait : il eût voulu la refouler ; il
se disait, avec une sorte de honte et d'irritation contre
lui-même, que cette jeune sœur qu'il avait recueillie au
berceau et élevée, — pour laquelle il travaillait et amas-
sait de la fortune, — qui était, à elle seule, toute sa famille, son affection, son avenir, — avait maintenant une
rivale dans son cœur, et une rivale préférée !

Mais ces velléités de résistance s'étaient évanouies à
la vue de Clémentine : il était retombé sous le charme
et n'avait plus cherché à s'en défendre : loin de laisser
ces jeunes filles à elles-mêmes, comme l'avait supposé
Suzanne, il ne les quittait presque pas, se mêlant le plus
possible et assez gauchement à leurs promenades, à
leurs entretiens, à leurs jeux.

La visite de Rastard venant le solliciter pour le concordat de Baumet, l'avait bouleversé. Il s'était pris d'une
immense pitié pour cette belle jeune fille, si insoucieuse
au bord de la ruine. Et quelle fatalité que son nom, à
lui, à propos d'une mauvaise créance dont il n'avait même
pas souvenir, se trouvât mêlé à ce désastre ! Clémentine
l'ignorait, il est vrai ; mais elle l'apprendrait plus tard,
et elle le maudirait !... Non ! à tout prix il fallait éviter
cela.

Il s'était fait donner des renseignements par Rastard ;

puis, il était parti pour Paris, avait rassemblé des fonds à la hâte, et était enfin accouru le matin même de la convocation, au moment où Luce commençait à désespérer.

On se figure quel accueil et quels remercîments, — bientôt renouvelés, lorsque la vieille fille rentra avec Baumet.

— Mais va donc ! mais remercie-le donc ! disait-elle à son frère ; c'est lui qui nous sauve !

— Ma foi, oui ! dit Baumet en serrant énergiquement la main de Maudhuy, vous venez de me rendre un fier service. Je ne sais pas trop quand je pourrai m'acquitter envers vous.

— Quand vous voudrez, dit Maudhuy ; ne vous en gênez pas.

— Gardez au moins ces titres : vous serez substitué à mes anciens créanciers.

— Non, votre parole me suffit...

Par un sentiment de délicatesse, Maudhuy voulait qu'on ne dît rien à Clémentine de ce qui venait d'avoir lieu.

— Oh ! fit Luce, elle serait si heureuse, si reconnaissante !

— Non, non, je vous en supplie.

Avant de partir, il insista de nouveau auprès de Luce pour qu'elle gardât le silence. La vieille fille promit ; — mais elle savait un moyen d'éluder cette promesse.

Le lendemain, Clémentine rentra à la maison. Elle se plaignit vivement qu'on lui eût manqué de parole, qu'on l'eût laissée si longtemps aux Ronchées ; — puis, elle demanda s'il était venu des lettres pour elle, en son absence.

— Mais non, dit Luce (on sait qu'elle en avait reçu cinq) ; — je te les aurais renvoyées, comme c'était convenu.

Clémentine n'eut pas le moindre soupçon. Elle fit un geste de dépit, et alla s'enfermer dans sa chambre, triste et agitée d'un sombre pressentiment.

Cependant il se pouvait que Louis fût empêché, malade... Les jours suivants, elle attendit anxieusement le passage du facteur : rien ne vint. Etait-il donc vrai qu'il l'oubliât ?

Un soir, Rastard, retenu à dîner, se mit à parler devant Clémentine du voyage de madame de Charens et de son fils ; il venait, disait-il, d'avoir indirectement de leurs nouvelles : « La réconciliation entre le frère et la « sœur était complète ; Quillat raffolait de son neveu et « lui laisserait bientôt toute sa succession : riche au-

« baine, dont le jeune homme se montrait déjà fier et
« glorieux; sa mère rêvait pour lui un magnifique éta-
« blissement... On parlait même d'une riche héritière
« qu'il ne tarderait pas à épouser... »

— Ah! mon Dieu, qu'as-tu donc? dit Luce en se précipitant vers sa nièce qui était toute pâle et sur le point
de s'évanouir.

— Rien... rien..., murmura Clémentine en tâchant de
se remettre.

Mais elle dut se retirer dans sa chambre, où Luce la
délaça au plus vite : elle étouffait. Quelques minutes
après, un flot de larmes la soulagea.

Ainsi, plus de doute : elle était lâchement abandonnée! Ce fut une douleur affreuse, entrecoupée d'accès
de rage et de vengeance.

Luce la soignait et la dorlotait de son mieux : elle
ne s'expliquait pas, disait-elle, cette crise nerveuse,
mais elle espérait que ce ne serait rien. Et elle essayait
de la distraire, de l'égayer : pas la moindre allusion à
Louis de Charens; mais mille propos sur la gentillesse
de Suzanne, sur la bonté et le désintéressement de Maudhuy.

Clémentine l'écoutait à peine.

Un jour, en traversant la chambre de sa tante, elle

aperçut à terre, au pied d'un meuble, une feuille de gros
papier pliée en quatre, qu'elle ramassa, puis déplia machinalement. Tout à coup, elle tressaillit. C'était le procès-verbal de maître Florimond ! Elle le parcourut rapidement... « *A la requête de M. Maudhuy...* » Qu'est-ce
que cela signifiait ? Puis, cette saisie dans toute la maison,
et jusque dans sa chambre, tout ce qui lui appartenait
sous la main de la justice ! c'était impossible !

Elle courut dans la cuisine, où se trouvait Luce, et,
montrant le papier, lui en demanda l'explication.

Luce parut consternée.

— Ah ! mon Dieu, où as-tu trouvé cela ?...

Puis, ce furent des réticences, des façons d'éluder ;
elle avait juré de se taire !... — jusqu'à ce qu'enfin, vain-
cue par l'insistance de Clémentine, elle consentit à tout
raconter.

On imagine ce que fut ce récit, avec quelle habileté
la vieille fille sut mettre en relief la détresse de son frère
et la générosité de Maudhuy.

— Mais qu'est-ce que nous avons donc pu lui faire,
s'écria-t-elle en finissant, pour mériter de sa part un tel
sacrifice ?... Je n'y comprends rien.

Clémentine comprenait peut-être, car l'amour de
Maudhuy avait dû se trahir malgré lui durant ce court

séjour aux Ronchées ; mais son admiration n'en fut pas moins vive : quelle différence avec l'*autre*, qui l'avait si vite oubliée, malgré tous ses serments !

— Et tu ne me disais pas cela ? s'écria-t-elle ; comme si notre reconnaissance, à tous trois, était de trop pour un pareil bienfait !

Maudhuy, rappelé par ses affaires, avait quitté les Ronchées. N'importe ! c'était un besoin pour elle de le remercier, et elle voulut absolument partir pour Paris : Luce, après une feinte résistance, finit par céder...

Six semaines après, Clémentine, continuant à ne recevoir aucune nouvelle de **M.** de Charens, épousait Maudhuy.

— Quel bonheur ! s'écriait Suzanne ; nous ne sommes plus seulement amies, nous voilà sœurs.

VIII

Telle était l'histoire de ce mariage. Et, cinq ans après, la jeune femme courait, en train express, rejoindre l'amant autrefois méconnu, qui était devenu l'associé et l'ami de son mari.

A la station de Villeneuve-Saint-Georges, elle hésita un instant : « Passerait-elle si près de son mari et de son enfant sans les embrasser ? que penserait-on, si on apprenait cela ? D'ailleurs Louis viendrait le lendemain à la villa, elle le verrait et pourrait lui parler ; décidément, mieux valait descendre. »

Elle mit la tête à la portière pour se faire ouvrir. Mais le temps d'arrêt était expiré, et le train se remettait en marche.

— Qu'importe ? fit-elle.

Et elle se rassit.

Elle ne trouva, dans l'appartement de la rue d'Enghien, que la vieille domestique chargée de le garder, et qui fut toute surprise de la voir arriver seule, avec cet air sombre et agité.

Ces émotions et le voyage l'avaient accablée. Elle s'enferma dans sa chambre et resta quelque temps à sa toilette. Puis, elle entra dans le salon. L'une des fenêtres avait vue sur les bureaux ; elle s'y accouda et regarda longuement... La domestique lui ayant offert une collation qu'elle venait de préparer, elle essaya de manger pour se remettre un peu ; mais cela lui fut impossible. Elle se hâta de retourner à la fenêtre du salon, — de plus en plus inquiète, nerveuse. Tout à coup, elle parut prendre son parti, et, se retournant vers la domestique qui l'avait suivie :

— Allez dire à M. de Charens que je le prie de se rendre ici ; j'ai à lui parler.

A peine avait-elle donné cet ordre, qu'elle en eut regret. Qu'allait-elle lui dire ? Elle ne savait pas, quoiqu'elle n'eût pas songé à autre chose depuis le matin... Cependant, il allait venir... Elle tâchait de rassembler ses idées, lorsqu'un bruit de pas dans l'antichambre la fit tressaillir.

Elle porta vivement la main à son cœur pour en comprimer les battements, et parvint à reprendre un semblant de contenance.

Il entra, salua gravement, selon son habitude, et attendit ses ordres.

D'une voix mal assurée, elle « s'excusa de le déranger; mais elle était partie de Clamecy précipitamment pour une affaire urgente; elle n'avait pas même pris le temps de s'arrêter à Villeneuve ; elle le priait de lui donner des nouvelles de son mari, de son enfant, de Suzanne.... »

Sans paraître remarquer son trouble ni l'étrangeté de ce retour, il répondit qu'il avait laissé, la veille, tous les hôtes de la villa bien portants; l'indisposition de Maudhuy ne semblait pas s'aggraver.

— Ah ! tant mieux ! s'écria-t-elle, tant mieux !... j'étais inquiète, je ne sais pourquoi... J'avais des pressentiments... Mais, Dieu merci ! je me trompais...

Et, avec une grande volubilité, comme si elle eût cherché à s'étourdir elle-même, elle se mit à parler de son voyage, de la maladie de sa tante, de son père, et de cette vieille maison qu'elle venait de revoir, et qui lui avait rappelé des souvenirs... si chers... et si cruels...

Ici, sa voix s'altéra, des larmes brûlantes remplirent ses yeux... et, tout à coup, incapable de se maîtriser davantage, elle s'élança vers Louis en s'écriant :

— Pardon !... oh ! pardon !...

— Pardon... de quoi ? fit-il, stupéfait.

— Des lâchetés dont je suis coupable envers vous. Je vous ai accablé d'outrages, de sarcasmes... Oh ! c'est ─indigne. Mais j'étais insensée, aveugle, vous avez bien dû le voir... Maintenant, je sais tout...

— Vous savez ?...

— Oui... Ces lettres que vous m'avez écrites autrefois... Tenez ! les reconnaissez-vous ?

—Ah !... eh bien ?...

— Ce sont bien elles, n'est-ce pas ?... Avec quelle émotion je les ai lues ce matin ! Oh ! pourquoi ne les ai-je pas connues plus tôt !..

— Comment ! vous ne les aviez pas reçues ?

— Eh ! sans cela, est-ce que je vous aurais maudit, .persécuté comme j'ai fait ? Comprenez-vous maintenant ce que j'ai souffert ? Ce silence implacable quand vous m'aviez juré de m'écrire... plus de doute : je suis oubliée, trahie... parce que suis pauvre, l'infâme ! Oh ! si j'avais pu me venger !... Mais, moi aussi, j'oublierai, j'étoufferai cet amour... Oh ! avec quel art infernal ils ont conduit cela !... C'est alors que Maudhuy se présente... C'est un modèle de générosité, il nous a sauvés de la ruine... Il paraît épris de moi, et il est riche...

Riche ? c'est ma vengeance !... Je me suis pour ainsi dire jetée dans ses bras... Oh ! malheureuse !...

Un sanglot l'interrompit, puis elle reprit :

— J'ai cru que je l'aimais, je l'ai presque aimé... de fureur contre vous ! Aussi, quelle joie quand j'ai su que cette succession vous échappait! et, plus tard, quand vous avez été obligé d'accepter les propositions de Maudhuy! C'est moi qui l'envoyais vers vous : je voulais vous avoir là, près de moi, pour vous bien humilier, pour vous écraser. Oh! je n'ai que trop bien rempli cette tâche. Mon Dieu! que je vous ai fait souffrir, que vous devez m'en vouloir !...

Il l'écoutait avec un sourire doux et triste.

— Non, dit-il, je ne vous en veux pas.

— Non ? vraiment? fit-elle avec une vivacité joyeuse et inquiète ; oh ! que vous êtes bon ! je ne connaissais pas votre cœur... Et, pendant toute cette persécution, pas une plainte, pas un mot de reproche ; car, vous aussi, vous deviez me croire perfide et misérable ; vous me méprisiez, alors que j'étais bien à plaindre, je vous jure.

— Oublions cela, dit-il ; c'est passé.

— Oublier ?... oh ! jamais. Que ma tante, qui m'adorait, ait redouté pour moi la ruine et la misère, qu'elle ait recouru à ces indignes manœuvres, je veux bien

l'excuser ; mais lui, le complice et probablement l'insti-
gateur de cette fraude, lui qui m'a achetée à prix d'argent!...

— Oh ! madame...

—Allez-vous le défendre ?... qui donc nous a séparés? qui donc est cause que, depuis cinq ans, nous
nous accusons et nous maudissons mutuellement? Qui
donc m'a volé mon bonheur ?... Et je lui pardonnerais !

— Que vous lui pardonniez ou non, vous n'en êtes pas
moins à lui.

— Parce qu'il m'a honteusement abusée? Non ! je
ne lui appartiens pas. Est-ce que ce contrat n'est pas
nul? Est-ce que j'étais libre en le signant? Et qui donc
me blâmerait de le déchirer, de le fouler aux pieds et de
reprendre ma liberté ?... Qu'elles disparaissent donc
comme un mauvais rêve, ces cinq années maudites, et
reprenons la vie au point où nous l'avons laissée, telle
qu'elle s'ouvrait devant nous, belle et souriante, alors
que nous nous aimions...

Elle le regardait avec un sourire d'amour et de caresse ; mais il répondit d'une voix sourde :

— Non, c'est impossible.

— Impossible !... pourquoi donc ?

— Parce qu'il n'est pas en notre pouvoir d'effacer le

passé... parce que, abusée ou non, vous m'avez rejeté
et vous vous êtes donnée à un autre.

— Mais je ne l'aime pas, cet autre ! je le hais...

— Eh ! qu'importe ? Cela rompt-il le lien qui vous
attache ? Et pour aboutir à quoi ? à une intrigue clandes-
tine... l'éternel roman de l'adultère... Ce serait une
honte ! Maudhuy est mon associé, mon ami, mon bienfaiteur.

— O malheureuse ! il ne m'aime plus ! Il s'en soucie-
rait bien, de ces considérations, s'il m'aimait !... Vous
en aimez une autre peut-être ?

Il fit un geste d'impatience.

— Mais non ! continua-t-elle, il suffit de ce que j'ai
fait pour que vous me haïssiez. Oh ! j'ai été implacable,
j'ai retourné le fer dans la plaie. Votre cœur saigne encore, et je comprends que vous ne puissiez pas me pardonner comme cela, tout d'un coup... Pourtant, ces
rigueurs, cet acharnement, c'était de l'amour, ne l'avez-
vous pas compris ? Je vous en supplie, ne me condamnez
pas, laissez-moi le temps de réparer mes torts. Vous
verrez comme je serai bonne pour vous, comme je vous
aimerai...

Elle joignait les mains avec supplication, et, lui, répétait ce qu'il avait déjà dit : qu'il ne lui en voulait pas...

lorsque des pas précipités se firent entendre dans
l'antichambre, et, avant même qu'ils eussent eu le
temps de se remettre, Maudhuy ouvrait la porte du
salon...

Remarqua-t-il leur trouble? en tout cas, il eut un mouvement de surprise en les voyant ensemble.

— Tiens! c'est vous, de Charens? fit-il. Puis, s'adressant à sa femme : — Ah çà ! c'était donc vrai ce que me
disait Michel (le jardinier)... qu'il t'avait vue passer à la
gare dans le train de cinq heures quarante. Comment
cela se fait-il?...

— C'est bien simple, dit-elle avec assurance, quoique
intérieurement irritée et honteuse d'être obligée de mentir devant M. de Charens. Luce, que je croyais guérie,
est retombée tout à coup; elle est même en danger.
Comme le docteur de là-bas ne m'inspire que peu de confiance, j'ai pensé ce matin à consulter un médecin de
Paris, et, pour plus de célérité, je suis accourue moi-
même... Je ne me suis même pas arrêtée à Villeneuve ;
d'ailleurs j'étais sûre d'avoir de vos nouvelles ici... Enfin, je priais M. de Charens d'aller trouver le docteur X...
qui vous a soigné, et de l'envoyer, s'il est possible, à
Clamecy.

— Ah! c'est cela? fit Maudhuy avec un soupir de sou-

lagement. Dans quelle inquiétude ce jardinier m'a mis!
Je soutenais que c'était impossible, que ce n'était pas
toi... Mais il était si sûr de t'avoir reconnue... Alors, je
n'ai pu y tenir, je me suis fait conduire à Paris, imagi-
nant les choses les plus affreuses... O ma bonne Clémentine ! je croyais qu'il s'agissait de toi...

En parlant ainsi, il l'attirait à lui et l'embrassait.

— Mais c'est déjà bien assez grave, dit-elle en rougis-
sant et en se dérobant à cette caresse. Ma pauvre chère
tante...

— Oui, sans doute... Tu as raison, il faut envoyer tout
de suite. J'irais moi-même chez le docteur, si je n'étais
pas si fatigué...

Il pria de Charens de leur rendre ce service. Louis
sortit.

Après son départ, Maudhuy, heureux· de revoir sa
femme, voulut s'approcher, causer familièrement avec
elle ; mais elle l'accueillit avec une telle froideur, qu'il
en fut consterné ; et, comme il lui en faisait doucement
l'observation, elle rejeta sa maussaderie sur l'inquiétude
que lui causait la rechute de Luce.

En disant cela, elle s'éloignait et allait s'enfermer dans
sa chambre.

Quelque temps après, il vint l'y rejoindre, espérant

sans doute être mieux reçu. Elle était assise à un petit bureau et écrivait. Elle fit un geste d'impatience en l'apercevant.

— Pardon, dit-il, je te dérange... Tiens ! tu écris à ta tante ? fit-il, en montrant une lettre qu'elle venait d'achever.

— Ah! mon Dieu, où ai-je la tête ? fit-elle en reprenant vivement sa lettre... C'est à mon père, pour lui annoncer cette visite du docteur... et, comme je ne songe qu'à cette pauvre Luce, j'ai mis son nom sur l'adresse... Mais à quoi bon cette lettre, après tout ? Elle est inutile; je ne l'enverrai pas.

Rien de bien extraordinaire, assurément, dans cette substitution d'un nom à un autre; cependant cette circonstance frappa Maudhuy plus que tout le reste.

— C'est bien singulier ! pensa-t-il.

Convaincu, par l'attitude de Clémentine, qu'il continuait à être importun, il ne tarda pas à se retirer, mais, cette fois, aussi préoccupé que triste.

Toutes ces anomalies qu'il n'avait pas remarquées d'abord : ce tête-à-tête avec Louis de Charens qu'elle détestait; leur trouble, — car ils étaient troublés, il l'avait bien vu! — ce retour subit, à l'instant où Luce était au plus mal... pour faire venir un médecin, quand il était si simple d'envoyer une dépêche!... tous ces détails se dressèrent coup sur coup devant ses yeux, et une clarté sinistre l'éblouit.

— Oh! si c'était vrai! s'écria-t-il.

IX

Il fut si épouvanté de ce soupçon, que ses jambes flé-
chirent et qu'il fut obligé de s'asseoir. Puis, il se releva
brusquement :

— Mais non ! se dit-il, c'est impossible. Voyons ! du
calme... Examinons froidement.

Il repassa, l'une après l'autre, ces circonstances qui
l'avaient si violemment ému, et, à toutes, il leur trouva la
même signification : il était trahi !... Bien plus, d'autres
preuves surgirent, auxquelles il n'avait pas encore
songé :

« Quoi d'étonnant à cet amour ? Ne se connaissaient-
ils pas depuis longtemps ? Elevés l'un près de l'autre...
voisins... ces deux maisons contiguës... Mais ces rivalités de famille ? Eh ! qu'importe ? Dans l'impossibilité de

s'unir, ils s'étaient juré un amour éternel. N'était-ce pas Clémentine qui l'avait poussé, lui Maudhuy, à offrir ses services à Louis de Charens ? Il avait refusé une première fois : dissimulation, ruse !... Cette aversion qu'ils affichaient l'un pour l'autre : atroce comédie !... »

Dans un mouvement d'indignation furieuse, il voulut courir à eux, les tuer et se tuer ensuite ; mais il se contint aussitôt et s'arrêta frémissant... Il se la figura étendue à ses pieds, morte, cette femme qu'il avait tant aimée, qu'il aimait encore ! Et puis, son enfant, ce doux petit être qui lui souriait et lui rendait ses caresses !... A cette idée, sa colère tomba, il fondit en larmes, et ne sentit plus que l'accablement de son malheur.

La nuit tout entière se passa dans ces alternatives d'exaltation et de défaillance, d'emportement et de faiblesse.

Le lendemain, à force de retourner cette situation et de l'examiner dans tous les sens, il en était arrivé à ne plus savoir que croire, à douter de ce qui, la veille, lui avait semblé évident. Alors, il résolut d'attendre, d'épier les coupables, et il ajourna sa vengeance au moment inévitable où il les surprendrait.

Quelques minutes après, il abordait Clémentine avec son air habituel. Il l'embrassa comme de coutume, et elle lui tendit son front sans répugnance : elle aussi, elle était obligée de dissimuler. La nuit, du reste, n'avait pas été plus calme pour elle que pour son mari : elle l'avait passée à commenter de cent façons la scène de la veille et l'attitude énigmatique de Louis.

Celui-ci vint leur annoncer que le docteur X... était parti pour Clamecy. On le retint à déjeuner. Après déjeuner, Maudhuy passa avec lui dans les bureaux, où ils s'entretinrent d'affaires avec autant de calme que s'il n'y avait eu aucune arrière-pensée entre eux.

— Rien ne vous oblige à rester à Paris, lui dit Maudhuy ; venez donc passer la soirée à la campagne avec nous.

Il accepta.

Dans le wagon qui les emportait tous trois à Villeneuve, Maudhuy commença son triste rôle de mari jaloux. Il se rencogna, fit semblant de dormir et observa à travers ses cils : — Louis, penché à la portière, regardait vaguement ; Clémentine était absorbée dans une morne rêverie ; pas un mot entre eux, pas un geste.

— Ils se méfient, pensa-t-il.

Suzanne les accueillit tous trois avec la plus vive cordialité, et parut soulagée d'un grand poids quand elle sut à quoi se réduisait l'alerte de la veille.

Malgré son enjouement et la gentillesse du petit Georges, la soirée fut triste.

Maudhuy s'attendait à voir Louis et Clémentine échanger quelque signe et tâcher de se rejoindre à l'écart ; mais ils étaient comme indifférents l'un à l'autre.

— Si je m'étais trompé ! se dit-il, avec un soupir d'espoir.

Mais, le lendemain, une dépêche du docteur X..., annonçant que la convalescence de Luce n'avait été marquée par aucun accident sérieux, le rejeta dans ses cruels soupçons..... Décidément, Clémentine avait menti, et cette rencontre à Paris n'était autre chose qu'un rendez-vous !

Pendant quinze jours, en proie à tous les tourments de la jalousie, il chercha vainement à deviner où et comment ils pouvaient se voir.

Cette préoccupation le poursuivait sans relâche ; il ne dormait plus. Enfin, une nuit qu'il avait laissé sa fenêtre entr'ouverte à cause de la chaleur, vers onze heures et demie, il crut entendre à quelque distance, dans le jardin, un léger bruit de pas ; il se leva vivement, courut à la fenêtre, regarda : malgré la nuit, il put apercevoir, à sa droite, une forme humaine qui s'éloignait rapidement, et qui se perdit bientôt sous les arbres du parc.

Ce fut comme une révélation.— « Plus de doute, c'était lui ! — et c'est ainsi qu'ils se voyaient : le soir, il faisait ses adieux et se rendait à la gare ; mais il laissait passer le train de sept heures et demie, et, quand la nuit était close, il revenait à la villa.... Il en repartait ensuite par le train de onze heures cinquante-cinq. Ce n'était pas plus compliqué que cela. — Comment, lui, Maudhuy, ne s'en était-il pas douté plus tôt ? »

Il fut tenté d'aller surprendre Clémentine dans sa chambre ; mais il se retint, pensant avec raison qu'il lui serait trop facile de nier, et qu'elle se tiendrait en garde à l'avenir.

Le matin, de bonne heure, il descendit au jardin et parcourut attentivement les allées : il n'y découvrit aucune trace de pas ; mais, à l'extrémité du parc, il aperçut dans la haie une légère éclaircie par laquelle un homme pouvait se glisser. — C'est là ! pensa-t-il ; — et il résolut de s'embusquer en cet endroit, le premier jour où Louis viendrait à la villa.

Habitué depuis quelque temps à dominer ses impressions, il rentra, s'entretint avec sa femme et sa sœur, joua avec son enfant, sans laisser voir la moindre altération dans sa voix ni dans son attitude.

Le lendemain jeudi, Louis était attendu. Il vint, en

effet, à son heure habituelle, salua Suzanne et Clémentine, embrassa Georges, et tendit amicalement sa main à Maudhuy, qui, malgré son dégoût, la prit et la serra.

Ils avaient à consulter sur une affaire intéressante pour la maison. Dans la discussion qui eut lieu à ce sujet, Louis parut distrait, préoccupé. Ils se promenaient en ce moment dans le parc, non loin de la brèche remarquée la veille par Maudhuy.

— Est-ce qu'il se douterait de quelque chose? pensa celui-ci.

Et il redoubla d'enjouement et de confiance.

Durant la soirée, il ne prit même pas la peine de les surveiller, tant il était sûr de ne rien surprendre d'équivoque. En effet, pourquoi se compromettraient-ils? Ces rendez-vous n'étaient-ils pas convenus d'avance, et ne devaient-ils pas leur suffire?

Après dîner, vers sept heures, au moment où Louis prenait congé, il s'excusa de ne pas le reconduire, alléguant un malaise subit. C'était vrai, sauf un peu d'exagération : ces émotions le minaient.

On s'empressa autour de lui, M. de Charens le premier. Il les rassura, en disant que ce ne serait rien, qu'il n'avait besoin que de repos. Et il tendit sa main à Louis en signe d'adieu; celui-ci la serra chaleureusement.

— Lâche ! pensa Maudhuy en le suivant du regard.

Les deux femmes reconduisirent leur hôte jusqu'au bout du parc, puis rentrèrent : Clémentine toujours froide et impénétrable.

Deux heures après, toute la maison était silencieuse et endormie.

Maudhuy se releva doucement, s'habilla, écouta... et, n'entendant aucun bruit, prit un revolver dans un des tiroirs de son bureau et descendit avec précaution.

Il traversa le jardin, puis le parc, et arriva à l'endroit où il supposait que Louis devait passer.

Il attendit. Dix minutes s'écoulèrent. En se retournant, il aperçut une clarté à l'une des fenêtres de la maison : plus de doute, elle l'attendait !

Presque aussitôt, des pas se firent entendre du côté des champs, puis un froissement de branches et de feuillage : on traversait la haie.

Il s'était caché derrière un tilleul, la main sur la détente de son revolver.... Un homme s'approcha, passa à quelques pas.... Il ne le reconnut point, mais ce ne pouvait être que lui !

L'homme se dirigeait, par l'allée des tilleuls, vers la maison. Il le suivit, à douze ou quinze pas de distance, sans bruit, réglant sa marche sur la sienne.

Ils sortirent du parc et entrèrent dans le jardin, où l'ombre était moins épaisse. L'homme s'arrêta un instant pour écouter ; Maudhuy retint son souffle. La marche reprit. Mais, Maudhuy s'étant heurté à un arbuste, l'homme se retourna, aperçut cette ombre qui le suivait, se jeta brusquement de côté, et, à travers le jardin, regagna le parc, où il disparut.

Maudhuy se mit à sa poursuite, chercha quelques minutes, mais ne put retrouver sa trace.

Alors, il revint vers la maison. La clarté brillait toujours ; mais, en approchant, il remarqua qu'elle partait du rez-de-chaussée... Qu'est-ce que cela signifiait ? Il avança. Quand il fut à quelques pas, une silhouette de femme se dessina dans l'encadrement de la fenêtre, puis se pencha.

— Est-ce vous ? demanda timidement une voix de femme.

X

Ce n'était pas la voix de Clémentine, mais celle de Suzanne !

En un instant, il fut dans la maison, puis dans le salon. Il vit Suzanne dans un fauteuil, affaissée de surprise et de confusion.

— Qu'est-ce que tu faisais là ?

Elle se leva, balbutia quelques mots ; mais il ne l'écoutait pas : inquiet, il furetait du regard tous les coins du salon. Ne découvrant rien, il prit la bougie et alla regarder dans la pièce à côté... Rien encore !

Suzanne, interdite, l'avait suivi timidement. Il se retourna vers elle.

— Tu n'étais pas seule ici ?

— Mais si.

— Clémentine n'était pas avec toi?

— Non... Mon Dieu! qu'as-tu donc?

Plein de cette idée que sa femme le trompait, il croyait que Suzanne avait, elle aussi, découvert cette intrigue, et que, pour lui donner le change, elle s'était brusquement substituée à sa belle-sœur; non certes par complicité, mais par dévouement, par pitié pour lui, pour sauvegarder son illusion et son bonheur.

— Enfin, demanda-t-il, pourquoi n'es-tu pas dans ta chambre?

— Je t'en prie, ne me gronde pas trop.

— Tu attendais quelqu'un?

— Tu le sais bien.

— De Charens? Tu as prononcé son nom tout à l'heure.

Elle tremblait et baissait les yeux.

— Pourquoi ces mystères, voyons? ces rendez-vous la nuit?... Mais parle donc!

Effrayée de cette brusquerie, elle fondit en larmes.

— Allons, bon! voilà les larmes maintenant... C'est commode, cela dispense de répondre.

— C'est qu'aussi tu parais si en colère... Mon Dieu! justement ce que je craignais...

— J'ai tort peut-être? Je surprends des allées et venues au moins singulières, la nuit. Je demande ce que c'est ; au lieu de me répondre, on rougit, on balbutie, on pleure... Qui donc ne s'irriterait pas ?...

Mais ce n'était pas le ton qu'il fallait. Il le sentit, et, feignant de se radoucir, souriant même :

— Allons ! viens ici, petite folle, et conte-moi cette belle équipée.

Il la prit par la main, la fit asseoir sur un canapé à côté de lui, et, d'un air caressant :

— Eh bien, voyons, qu'est-ce qu'il y a ?... Mais, d'abord, essuyons ces larmes... C'est qu'elle pleure, vraiment !... J'ai donc l'air bien terrible ?

— Oh ! oui. Tu parais fâché.

— A cause de tes réticences. Si tu m'avais tout de suite avoué la vérité...

— Je ne demandais pas mieux ; c'est toi qui m'as brusquée.

— Eh bien ! oublions cela. Maintenant, conte-moi tout... mais, là, bien franchement.

— Que veux-tu que je te dise ? Tu la sais, la vérité.

— Ainsi c'était un rendez-vous d'amour ? Tu aimes Louis de Charens ?

La vive rougeur qui empourpra les joues de la jeune fille était une réponse assez claire.

— Et lui, continua Maudhuy, t'aime-t-il ?

— Mais... oui, e le crois.

— Tu le crois... En es-tu bien sûre ?

Elle parut étonnée de ce doute.

— Certainement, il me l'a juré plus de cent fois.

Cette confiance ingénue ébranla les soupçons de Maudhuy.

— Si pourtant c'était vrai !... fit-il avec un soupir de soulagement.

Elle le regarda, ne comprenant rien à cette exclamation ; puis, voyant qu'il souriait, et interprétant ce sourire en sa faveur, elle se pencha vers lui et lui dit à mi-voix, d'un air câlin :

— Tu nous pardonnes donc ?

Cela le fit redevenir sérieux.

— Un instant... cela dépendra. D'abord, il me faut des détails.

— Mais il n'y a pas de détails. Nous nous aimons, voilà tout. Que veux-tu de plus ?

— Oui, mais depuis combien de temps ? Y a-t-il trois semaines, un mois ?...

— Oh ! il y a bien plus longtemps que cela.

Il se rapprocha d'elle, lui prit les mains dans les siennes, et, du ton d'un confesseur indulgent :

— Voyons ! lui dit-il, comment cet amour est-il né ?

— Sans y songer, je t'assure, répondit-elle. Les procédés de Clémentine à son égard étaient si durs !... Mon Dieu ! qu'est-ce qu'il lui a donc fait ? Je le plaignais de tout mon cœur ; il n'a pas tardé à s'en apercevoir, et il en a été touché, je l'ai bien vu. Dans les moments où elle le rudoyait le plus, nous échangions un regard, et il se calmait... C'est ainsi que nous avons su que nous nous aimions, avant de nous être dit un seul mot.

Maudhuy était ému par cet accent de sincérité.

— Mais, demanda-t-il, pourquoi ne me disais-tu pas cela ?

— Parce que je craignais de te contrarier. Je n'oublie pas, vois-tu, tout ce que je te dois. C'est toi, après la mort de nos parents, qui as eu soin de moi, qui m'as élevée ; tu m'as traitée comme ton enfant.

— Eh bien ! raison de plus pour te confier à moi.

— Sans doute ; mais je savais que tu avais un autre projet pour mon établissement.

— C'est vrai, j'avais songé au fils de mon correspondant à Londres...

— Oh ! je t'en supplie, mon bon frère, renonce à ce projet. Tu comprends, cela m'était bien égal autrefois ;

mais maintenant !... Tu ne sais pas combien j'ai lutté co n-
tre cet amour : j'essayais de m'en défendre, mais c'était
plus fort que moi... Tu ne voudrais pas, dis, rendre
ta petite Suzanne malheureuse ?...

Maudhuy était touché jusqu'aux larmes.

— Non, chère enfant, non ! s'écria-t-il en la serrant
contre sa poitrine et en l'embrassant... Que je te con-
traigne, que je te fasse souffrir? Oh! jamais ! Sois à lui,
puisque tu l'aimes.

— Oh! que tu es bon ! s'écria Suzanne en lui ren-
dant ses caresses ; oh! comme il va être heureux !

Elle était rayonnante. Maudhuy la regardait avec une
sorte d'admiration.

— Vous vous aimez donc bien ? dit-il.

— Oh ! fit-elle avec un sourire de ravissement...
Aussi nous étions bien tristes, va ! Sais-tu à quoi se passaient nos rendez-vous ? A gémir, à discuter si nous
t'avouerions notre amour. C'est lui qui ne voulait pas...
il est d'un scrupule, d'une délicatesse !... Je t'en prie,
quand il reviendra, ne lui laisse pas voir la moindre
contrariété.

Ils mirent fin à ces épanchements et se séparèrent,
Maudhuy soulagé d'un grand poids et presque aussi
heureux que sa sœur.

Le lendemain, honteux de ses torts envers Clémentine et avide de les réparer, il l'aborda avec un empressement et un sourire inaccoutumés. Elle parut remarquer ce changement; mais, loin de s'en montrer touchée, elle lui fit un accueil froid et méprisant; et il sentit se glacer dans son cœur toutes ses tendresses prêtes à déborder.

— Pauvre Clémentine! fit-il en baissant la tête et en s'éloignant, elle m'en veut, et je le mérite bien. J'aurai laissé voir ces absurdes soupçons; mais je serai si bon pour elle, je l'aimerai tant, qu'elle me pardonnera!

Suzanne vint le distraire de ces mélancoliques réflexions.

— Je ne te demande pas, lui dit-il, si tu as bien dormi.

— Mais pas trop, fit-elle; l'excès de la joie... Et puis, je me figurais toujours que c'était un rêve. Mais c'est bien vrai, n'est-ce pas?

— Certainement, c'est vrai.

— Quel bonheur!

Mais tout à coup son visage se rembrunit.

— Qu'as-tu donc? demanda-t-il.

— Ce que j'ai?... Tu ne le devines pas? Tandis que je suis là, bien gaie, bien confiante, dans quelle inquié-

tude il doit être, lui, à Paris, ne sachant rien, après cette surprise d'hier soir!

— En effet, je me le figure.

— Et c'est demain seulement qu'il viendra et qu'il apprendra que tu ne lui en veux pas.

— Pardon! petite sœur, il le saura ce soir.

— Ah! comment?

— Tu crois donc que je ne songe à rien et que je ne suis bon qu'à vous causer de l'ennui? Non pas, s'il vous plaît. Ton amoureux a reçu, ce matin, une dépêche par laquelle je le prie de venir tout de suite.

— Ah! cher frère!

Et elle l'embrassa de nouveau. Mais elle se contint tout à coup, en apercevant Clémentine qui venait de descendre au jardin.

— Ne lui laissons rien voir, fit-elle en prenant le bras de son frère et en s'éloignant avec lui; elle sera bien surprise, ce soir, et sans doute contrariée; car elle continue à ne pas aimer Louis, quoiqu'elle le persécute un peu moins... Mais qu'est-ce que cela nous fait?

Ce manége n'échappa pas à Clémentine, qui se rappela, en même temps, l'air singulier de son mari, le matin. Elle fronça le sourcil et se demanda avec inquiétude ce que cela voulait dire.

Dans la soirée, ils étaient tous trois réunis au salon, lorsque Louis arriva.

Il n'était rien moins que rassuré. Cette dépêche qui le mandait à Villeneuve sans autre explication, l'avait vivement ému. Plus de doute, Maudhuy savait tout, il allait l'accabler de reproches ; comment se justifierait-il ?...

Maudhuy rit franchement de sa mine piteuse, et, s'avançant vers lui :

— Ah ! vous voilà, monsieur le séducteur ? Approchez, on connaît vos menées.

— Mais... balbutia Louis effaré.

— Allons ! c'est bon, on ne vous en veut pas. Embrassez-la donc, puisqu'elle a la faiblesse de vous aimer.

Et il le poussa gaiement vers Suzanne ; mais, en même temps, il entendit derrière lui un cri étouffé : il se retourna et vit Clémentine pâle comme une morte, frémissante et prête à défaillir.

— Clémentine... Ah ! mon Dieu ! qu'as tu donc ? fit-il en s'élançant vers elle et en la soutenant.

XI

— Moi? je n'ai rien, fit Clémentine en surmontant son trouble et en affectant un air tranquille.

— Cependant j'avais cru... Tu es encore toute pâle.

— Vous vous trompez.

— Non. Au surplus, ce ne serait pas étonnant ; la surprise... Tu ne t'attendais pas du tout à ce qui arrive, dis?

— En] effet; mais que voulez-vous que cela me fasse ?

Elle dit ces mots assez dédaigneusement ; puis, elle sortit, sous prétexte d'aller rejoindre son enfant qui piétinait dans les plates-bandes du jardin.

Dès qu'elle se fut éloignée, les deux jeunes gens, un instant embarrassés par sa présence, laissèrent déborder

la joie qui emplissait leurs cœurs. Louis ne se lassait
pas de remercier Maudhuy ; il avait les larmes aux
yeux. La joie de Suzanne, pour n'être pas aussi ex-
pansive, n'était pas moins touchante.

— Comment avez-vous pu croire, disait Maudhuy,
que je mettrais un obstacle à votre bonheur ?

Il était tout attendri ; il voulait qu'on célébrât ces
fiançailles, que la maison prît un air de fête...

Bientôt, il se rappela la figure sombre et irritée de
Clémentine, et il sortit pour la rejoindre au jardin.

Sans doute, le même souvenir préoccupait Suzanne,
car elle dit à de Charens, quand elle fut seule avec lui :

— Avez-vous remarqué l'air de Clémentine ? Oh ! sa
haine n'est pas éteinte ; elle vous en veut toujours.

— Ne songeons plus à cela, chère Suzanne, répondit-
il ; nous nous aimons, et votre frère approuve notre
amour ; qu'importe le reste ?

Maudhuy, convaincu maintenant de la loyauté de
de Charens, ne voyait plus dans la mauvaise humeur de
Clémentine que l'effet d'un ancien ressentiment. Il essaya de combattre ces fâcheuses dispositions ; mais elle
lui en épargna bientôt la peine, en déclarant de nouveau,
avec le plus grand sang-froid, que tout cela lui était par-

faitement égal, et que même, pour peu qu'il le désirât, elle complimenterait Louis et Suzanne de leur prochaine union.

En effet, devançant son mari au salon, elle aborda les deux jeunes gens avec un sourire affecté, et se mit à leur adresser des félicitations ironiques.

Ce n'était guère le moyen de les faire sortir de leur réserve. Aussi la soirée, malgré l'entrain factice de Maudhuy et tous ses efforts, se traîna-t-elle dans une froide et pénible contrainte.

Elle se termina même d'une façon assez lugubre, par suite d'une indisposition contre laquelle Maudhuy luttait depuis quelques heures, et sous laquelle, à la fin, il dut s'avouer vaincu. Pendant quelque temps, il se plaignit de palpitations, d'étreintes au cœur; puis, tout à coup, il pâlit, ses yeux devinrent hagards, et il s'affaissa sur une chaise, à moitié évanoui.

Suzanne s'élança à son secours; de Charens le prit dans ses bras, et, aidé d'un domestique, le porta dans sa chambre. On courut chercher un médecin.

Mais, avant que l'homme de l'art fût arrivé, Maudhuy avait repris ses sens : sa souffrance s'était calmée, et, souriant, il rassurait Suzanne et Louis, penchés anxieusement vers lui, tandis que Clémentine, immobile au pied du lit, l'observait avec un regard étrange.

Le médecin, après l'avoir examiné, ne dissimula pas une certaine inquiétude.

— Vous avez, dit-il au malade, éprouvé tout récemment une émotion un peu vive ?

— En effet, aujourd'hui même ; mais c'était de la joie.

— Peu importe ; ces émotions peuvent vous être funestes ; il faut, à tout prix, les éviter.

Il prescrivit du repos et quelques potions calmantes, — les mêmes, du reste, que le docteur X... avait autrefois indiquées, mais que Maudhuy négligeait de prendre depuis quelque temps.

— Diantre ! fit Maudhuy quand le médecin fut sorti, Hippocrate n'est pas consolant. Je ne voudrais pourtant pas mourir avant d'avoir vu ma petite Suzanne mariée.

— Oh ! mon frère...

— Ne te récrie pas. J'espère bien faire mentir cet honnête médecin ; mais enfin, par prudence, ne pourrait-on pas, dès maintenant, s'occuper des préparatifs de ce mariage ?... Qu'en dites-vous ? fit-il en regardant alternativement Louis et Suzanne ; il me semble que cela ne doit pas trop vous déplaire.

Pour toute réponse, Suzanne l'embrassa avec effusion, et de Charens lui pressa la main. Clémentine, incapable de se contenir plus longtemps, détourna la tête et s'éloigna sans être remarquée.

Vingt minutes après, Louis, quittant la villa pour regagner le chemin de fer, aperçut Clémentine dans une des allées du parc où il devait passer ; évidemment elle l'attendait. Quand il se fut approché :

— Monsieur de Charens, dit-elle d'une voix sèche et contenue, un mot, je vous prie.

— Madame...

— C'est sérieux, dites-moi, ce qui vient de se passer ?

— Tout à fait sérieux.

— Vous aimez cette petite fille ?

— Suzanne, voulez-vous dire ?.. oui, je l'aime.

— Et vous comptez l'épouser ?

— Du moment qu'elle a la bonté d'y consentir et que son frère ne s'y oppose pas...

— Vous lui avez fait sans doute de beaux serments ?

— Et je les tiendrai, soyez-en sûre.

— A moins pourtant que vous ne les oubliiez comme ceux que vous m'avez faits autrefois.

Il fronça les sourcils.

— Eh ! qui donc, s'écria-t-il, s'en est joué ? Comment osez-vous me rappeler cela ? N'est-ce pas vous qui, sous je ne sais quel prétexte, deux mois après mon départ, vous êtes jetée dans les bras d'un autre.

— On m'avait indignement trompée, vous le savez bien.

— Pourquoi vous êtes-vous laissé tromper ? Pourquoi avez-vous douté si facilement de moi ?

— J'ai été bien punie de mon erreur !

— Et moi... ce que j'ai souffert, vous ne le saurez jamais ! Il est vrai que, plus tard, pour me consoler, vous avez eu soin de m'abreuver d'outrages et de sarcasmes.

— J'ai eu tort. Mon Dieu ! que faut-il faire pour que vous me pardonniez ?

— Rien. Toute rancune est éteinte dans mon cœur, aussi bien que cet amour : c'est vous qui l'avez tué. Il vous plaît maintenant qu'il renaisse ? Eh bien, non !... Et, quand ce serait possible, croyez-vous que j'y consentirais, — en ce moment, surtout, — en face de cette souffrance que vous venez de voir, de cette agonie peut-être ? Ah ! ce serait une indignité d'y songer seulement. Assez ! plus un mot, je vous prie...

Il s'éloigna brusquement, et la laissa frémissante et consternée.

Le lendemain et les jours suivants, elle se renferma obstinément dans sa chambre, ne descendant qu'aux heures de repos, ou pour s'informer de la santé de son mari, dont l'état, au lieu de s'améliorer comme on s'y attendait, allait au contraire en s'aggravant.

En effet, les secousses de ces derniers temps avaient fait faire à la maladie de Maudhuy de rapides progrès, sans qu'il s'en doutât. L'animation de la lutte lui avait donné une apparence de vigueur capable d'en imposer aux autres et à lui-même; mais il ne s'était ainsi relevé que pour retomber tout d'un coup plus bas qu'auparavant.

D'autres crises avaient suivi celle que nous avons racontée : elles se succédaient maintenant avec une sorte de régularité, laissant, dans les intervalles, le malade plongé dans une prostration douloureuse. Pâle, amaigri, haletant, il pouvait à peine se soutenir, et, à le voir ployé dans son fauteuil, on l'eût pris pour un vieillard

Clémentine, tout en aidant par devoir à le soigner, suivait d'un œil inquiet les progrès du mal. Nul doute pour elle, comme pour tous ceux qui l'approchaient, que Maudhuy ne fût frappé à mort : elle ne pouvait se défendre de songer qu'elle serait libre bientôt !

Maudhuy, lui non plus, ne se faisait pas illusion sur la gravité de son état, et il ne voulait pas, ainsi qu'il

l'avait dit, mourir avant d'avoir vu sa sœur mariée.
Aussi pressait-il, et très-sérieusement cette fois, les
deux jeunes gens de hâter les préparatifs de leur union.
Ceux-ci, pour dissimuler leur inquiétude, résistaient
doucement à ces instances, disant qu'ils voulaient attendre qu'il fût rétabli, que cela ne tarderait guère ; mais,
un jour, il s'irrita de ces délais, et ordonna formelle-
ment à de Charens de rassembler les pièces néces-
saires au mariage, et d'en finir. Louis dut céder, et il
promit que dans quinze jours, trois semaines au plus,
tout serait prêt.

Clémentine assistait à cette scène. Retirée dans un
coin de la chambre, elle ne dit pas un mot, de peur
que sa voix ne trahît l'affreuse douleur qui la tortu-
rait.

Ce soir-là même, au moment où de Charens renou-
velait sa promesse à Maudhuy et se disposait à retourner à Paris, arriva à Villeneuve une visite inattendue,
celle de Luce.

XII

La bossue avait achevé sa convalescence dans une mortelle inquiétude. Le brusque départ et l'exaltation de Clémentine lui faisaient redouter de sa part quelque imprudence, peut-être même un éclat, dont elle s'attendait chaque jour à recevoir la nouvelle. A la fin, n'y tenant plus, elle s'était mise en route, pour porter à sa nièce son aide et ses conseils, s'il en était besoin.

Le calme de la villa et quelques mots échangés en passant avec un domestique, l'avaient déjà rassurée. En entrant dans le salon, elle courut à Clémentine et la serra énergiquement dans ses bras; puis, en se retournant, elle aperçut Maudhuy, et, à la vue de ce délabrement et de cette souffrance, elle tressaillit.

Ce mouvement n'échappa pas au malade; il répondit

assez maussadement aux questions et aux condoléances
de la vieille fille. Celle-ci, du reste, insista peu ; elle
sortit avec sa nièce, et, dès qu'elles furent seules :

— Ah çà, qu'est-ce qu'il a donc, ton mari ?

— Tu le vois bien, il est malade.

— Oui, mais quelle maladie ? Comment cela lui est-
il venu ? Qu'en disent les médecins ?

Clémentine fit un geste d'impatience.

— Est-ce que je sais ? Il est malade, voilà tout
Maintenant, qu'est-ce que tu vas me demander encore ?..
Tu es insupportable avec tes questions.

— Cependant, ma bonne Nini...

— Eh bien, quoi ?... Cela t'intéresse peut-être ! Et
qu'est-ce que tu viens faire ici ? Me conseiller, me
diriger, veiller à mon bonheur ?... Cela t'a si bien
réussi une première fois !

Ce reproche fit monter les larmes aux yeux de
Luce.

— Mon Dieu ! comme tu me reçois ! fit-elle douloureusement... moi qui t'aime tant !.. qui donnerais ma
vie pour toi... tu le sais pourtant bien !

Clémentine le savait, en effet ; et, par égard pour cette
tendresse et ce dévouement sans bornes, elle se radoucit'
et laissa la vieille fille continuer ses protestations. Celle

7

ci termina en racontant ses inquiétudes et les mille suppositions qui l'avaient agitée.

— Jusqu'à imaginer, dit-elle, que tu avais peut-être quitté ton mari pour t'enfuir avec Louis de Charens! C'était insensé.

— Pourquoi donc, insensé? Plût à Dieu qu'il eût consenti!

— Comment! tu ne le lui as pas proposé, je pense?

— Non. Il m'en a épargné l'humiliation. Dès qu'il a su que je l'aimais, il s'est détourné avec mépris.

— Oh! avec mépris...

La bossue ne concevait pas qu'on pût ne pas idolâtrer sa nièce.

— Tu en doutes? dit Clémentine avec un sourire amer; eh bien! reste ici quelques jours, et tu verras...

— Qu'est-ce que je verrai?

— Eh! tu ne comprends donc pas? Il en aime une autre.

— Une autre... Et qui donc?

— Tu viens de la voir, Suzanne.

— Ta belle-sœur? Ah! ah! par exemple... Quelle plaisanterie!

— Ce n'est pas une plaisanterie. Ils sont fiancés l'un à l'autre, et leur mariage doit se faire au premier jour.

— Et moi, s'écria Luce, je te dis que ce n'est pas vrai, que ce mariage ne se fera pas!... Mais réfléchis donc un peu, ma pauvre Nini... mais regarde-toi donc ! (en parlant ainsi, elle l'attirait devant une glace). Jamais tu n'as été aussi belle. Et il ne t'aimerait plus, lui qui t'adorait autrefois ?... Je me souviens de ses lettres !... il te préférerait je ne sais quel laideron?... car ce n'est pas autre chose en comparaison de toi.

— Cependant il lui fait la cour et il va l'épouser.

— En vérité... c'est inexplicable... ou plutôt, si !.. je devine... Eh oui ! c'est cela.

— Quoi donc ?

— Maudhuy lui a rendu des services ; ils sont amis, associés. Quoi de plus naturel qu'il s'effraie à l'idée de le tromper ? C'est cela même. Et plus il t'aime, plus il prend soin de t'éviter : il se défie de sa faiblesse... Voilà ce que tu prends pour du mépris!

— Mais ces assiduités auprès de Suzanne ? cet engagement ?...

— Eh ! qui te dit qu'il n'y a pas été forcé ? Es-tu bien sûre que votre amour ne se soit pas trahi de quelque façon ? Vos airs contraints, à tous deux, un geste, un regard... Est-ce que ton mari n'était pas un peu changé dans ces derniers temps ?

— En effet, il m'a semblé...

— Tu vois !... la jalousie. Et je répondrais qu'une explication a eu lieu entre eux, à la suite de laquelle, pour mieux donner le change, M. de Charens a dû faire semblant d'aimer ta belle-sœur; et, Maudhuy insistant, il a bien été forcé de continuer cette comédie, de prendre un engagement. Mais crois bien qu'au fond, il est décidé à ne pas le tenir; il trouvera un biais, un prétexte... Oh ! si tu étais libre... qu'il aurait bientôt fait de planter là cette petite sotte et de revenir à toi !

Clémentine écoutait avidement. Déjà cette idée lui était venue; mais elle n'avait pas osé s'y arrêter. Le ton convaincu de Luce la lui rendait maintenant vraisemblable.

— Oui, c'est possible, dit-elle, si j'étais libre; mais je ne le suis pas...

— Tu le seras bientôt ! s'écria la bossue avec sa brutalité de paysanne. Est-ce que tu ne vois pas ton mari ? Il est méconnaissable; il a la mort dans le ventre, c'est évident.

Clémentine tressaillit; puis, comme si elle avait honte de traiter un pareil sujet :

— Qu'importe que je sois libre, fit-elle, si, lui, il ne l'est plus ?

Et elle expliqua que Maudhuy avait conscience de son état, et qu'à mesure qu'il se sentait décliner, il insistait davantage pour que ce mariage se fît au plus tôt. Comment Louis se soustrairait-il à cette exigence, à supposer qu'il en eût vraiment l'intention ?

Luce resta un instant soucieuse et embarrassée.

— Non ! reprit-elle enfin, cela ne sera pas. C'est moi qui t'en réponds, et tu peux être tranquille.

Elle se fit raconter tout ce qui s'était passé depuis leur dernière entrevue : ce récit confirma ses suppositions à l'égard de Louis ; seulement elle regretta que Clémentine n'eût pas mieux caché son déplaisir.

— Il faut réparer cela, dit-elle. Fais comme si ce mariage t'était indifférent. Sois gentille avec ta belle-sœur, naturelle avec M. de Charens ; les soupçons de ton mari, s'il en a encore, tomberont d'eux-mêmes.

Le lendemain, dès le matin, Clémentine entr'ouvrit la porte qui communiquait de sa chambre avec celle de Luce, et vit celle-ci, en marmotte et en jupon court, qui rangeait symétriquement des cartes sur la courte-pointe de son lit.

— Encore tes éternelles *réussites !...* dit-elle.

— Laisse ! fit la bossue en lui faisant signe de ne pas approcher.

Et elle continua de plus belle. Enfin, après avoir retourné une dernière carte :

— Ça y est ! s'écria-t-elle triomphalement. Je savais bien que nous réussirions ! Embrasse-moi.

Clémentine haussa les épaules.

— Ainsi, dit-elle, voilà à quoi tu t'amuses ? voilà ce qui te donne confiance ?

— Oh ! je sais bien, dit Luce, tu ne crois pas aux cartes ; mais j'y crois, moi, et elles ne m'ont jamais trompée. Maintenant je suis fixée, vois-tu !

Clémentine voulut savoir ce qu'elle comptait faire.

— Mais... rien du tout, dit-elle ; attendons : les choses tourneront à notre souhait, j'en suis sûre.

Elle ne voulut pas s'expliquer davantage, détourna l'entretien, parla de son frère, qui l'avait chargée d'une commission pour Paris...

— A propos, dit-elle, j'ai bien envie d'y aller aujourd'hui, de peur de l'oublier.

Elle partit, en effet, pour Paris, dans la matinée, après avoir pris des nouvelles de Maudhuy.

On ne sut jamais ce que pouvait être cette commission ; mais quelqu'un qui eût suivi Luce, aurait pu la voir entrer successivement dans deux pharmacies et dans une boutique d'herboriste.

Le soir, elle rentra à Villeneuve, vers quatre heures ;
son absence avait été à peine remarquée.

A son retour, elle trouva sa nièce enfermée dans sa
chambre, désolée, les yeux pleins de larmes.

— Qu'as-tu donc ? que s'est-il passé ?

Clémentine raconta que Maudhuy, dans la journée,
avait de nouveau insisté sur ce mariage, qu'il avait indiqué ses idées au sujet du contrat, et qu'il voulait appeler son notaire pour les lui communiquer.

— N'est-ce que cela ? dit Luce ; mais il fallait t'y attendre, ma pauvre Nini, c'était inévitable.

— Et comment vas-tu parer à cela ?

— Je n'ai besoin de rien faire... Tiens ! regarde.

Elle emmena sa nièce vers la fenêtre, sans parler, et
montra Maudhuy pâle et affaissé dans un fauteuil, dans
le jardin, à l'ombre d'une charmille :

— Oui, je vois bien, fit Clémentine en détournant la
tête ; mais il a encore une volonté, et cette volonté, tu
ne peux pas la vaincre.

— N'aie donc pas peur, la nature s'en chargera pour
nous.

— Ah ! oui, te voilà avec tes idées superstitieuses...
parce que tu as fait une réussite !

Elle s'éloigna avec un geste de dépit et de colère.

D'abord, il lui répugnait de spéculer ainsi sur la mort
de Maudhuy, comme si son amour pour Louis en eût
reçu quelque souillure ; puis, qui lui prouvait que cette
mort dût être si proche? qu'elle arriverait, en quelque
sorte, à heure fixe ?

Les jours suivants, quoi qu'elle pût dire, Luce persé-
véra dans sa confiance et son inaction. Le matin, vers
dix heures, elle descendait avec sa nièce dans la chambre
de Maudhuy, où le plus souvent se trouvait déjà Suzanne.
Elle s'approchait du lit, s'informait de la santé du malade, lui disait invariablement qu'elle le trouvait beaucoup mieux, — en même temps que par un signe elle indiquait à Suzanne que cette appréciation était de pure
complaisance. Elle redressait ses oreillers, veillait à ce
que sa tasse de chocolat fût prête à point, le soutenait
délicatement pendant qu'il la prenait. Une heure après,
elle venait l'aider à s'habiller. S'il voulait descendre au
jardin, elle était là pour qu'il s'appuyât sur elle : doucement, à petits pas, elle le conduisait dans les allées ;
elle disposait son fauteuil à l'ombre de la charmille, un
coussin sous ses pieds, un petit guéridon à côté de lui,
avec les journaux et la correspondance. Et des attentions : s'il avait besoin de quelque chose?... et qu'il prît
bien garde de se laisser refroidir!... Le reste de la soi-

rée à l'avenant, jusqu'au moment où elle se retirait avec
sa nièce, et où celle-ci lui reprochait ces honteuses et
inutiles simagrées.

Un soir, ces reproches furent si vifs, que Luce en parut
enfin touchée. C'était le dimanche 31 août. Louis était
venu avec le docteur X... et le notaire de la famille ;
Maudhuy avait parlé du mariage de sa sœur ; il avait
exigé que les publications eussent lieu immédiatement ;
il avait donné les bases du contrat... On se figure les
terribles émotions de Clémentine durant cette soirée :
elle avait dissimulé de son mieux ; mais enfin, vers neuf
heures, rentrée dans sa chambre avec Luce, elle avait
laissé éclater sa colère.

— Ainsi, voilà comme tu me viens en aide ? dit-elle.
Ce mariage que tu devais empêcher, qu'en dis-tu maintenant ? le voilà presque fait.

Luce, sombre et agitée, ne répondit pas.

— Et moi qui ai eu la simplicité de te croire ! continua Clémentine. Tu m'as toujours trompée... Sans
toi, j'aurais lutté... au lieu que je me suis laissé endormir.

— Eh bien, oui ! j'ai eu tort, dit Luce ; pardonne-
moi, chère petite. Pouvais-je croire que ton mari,
dans l'état où il est, pousserait ainsi les choses ?

7.

Mais rien n'est perdu. Je vais réfléchir, et demain matin...

— Tu vas te tirer les cartes, n'est-ce pas ?

— Ah ! tu es cruelle...

Les reproches continuèrent. Tout à coup, Clémentine s'interrompit :

— Silence ! j'entends quelque chose...

Toutes deux écoutèrent. Des cris partaient de la chambre de Maudhuy.

— C'est la voix de Suzanne.

— On dirait qu'elle appelle au secours... J'y vais, dit Clémentine.

Mais Luce l'arrêta.

— Reste. Que vas-tu faire là ?

— Mais puisque Suzanne appelle !

— Laisse-la appeler. Elle est restée auprès de son frère ; c'est sans doute une crise qui vient de le prendre.

— Justement, ma présence...

— Ta présence est inutile.

— Mais que pensera-t-on, si nous restons ici ?

— Ne sommes-nous pas censées endormies bien tranquillement ? D'ailleurs, on n'appelle plus...

En effet, les cris avaient cessé.

Elle fit coucher sa nièce, et éteignit la lampe.

XIII

Ces cris qu'elles venaient d'entendre étaient en effet poussés par Suzanne.

Dans la soirée, vers trois heures, Louis était arrivé avec le docteur X... et le notaire, mandé tout spécialement pour préparer le contrat.

Tous les hôtes de la villa étaient réunis dans le petit salon du rez-de-chaussée.

Maudhuy ne se prêta qu'avec distraction à l'examen et aux questions du docteur, qui hochait la tête et ne paraissait pas très-satisfait.

— Bah ! fit Maudhuy, je ne suis ni pis ni mieux, et vous allez m'ordonner les mêmes remèdes.

— Oui; seulement j'y ajouterai le conseil — voici

bientôt l'automne — d'aller passer la mauvaise saison dans le Midi.

— A la bonne heure ! c'était mon intention.., comme vous allez voir.

Il se mit à parler du prochain mariage de sa sœur, et à expliquer ses intentions au sujet du contrat : — « Trop souffrant pour continuer à s'occuper d'affaires, il céderait sa part dans la maison de commerce à son associé, et cette part serait la dot de Suzanne ; on la déterminerait au moyen d'une liquidation que le notaire et Louis feraient le plus tôt possible. Les choses ainsi réglées et le mariage célébré , il quitterait Paris et irait s'installer, peut-être définitivement , à Nice, avec sa femme et son enfant. »

En disant cela, il regardait Clémentine, qui détourna la tête. Luce souriait. Louis et Suzanne, confus de ce tésintéressement, le priaient de réfléchir encore ; mais il déclara que telle était sa volonté bien arrêtée. Il s'entretint ensuite avec le notaire, et examina les notes que celui-ci venait de prendre.

— Ne vous fatiguez pas ainsi, lui dit le docteur ; vous êtes tout pâle...

— Cela m'étonne ; je ne sens aucun mal.

Luce, pendant ce temps, félicitait Suzanne, et parfois

faisait signe à Clémentine de dissimuler son mécontente-
ment ; mais celle-ci ne pouvait prendre sur elle de se
contraindre.

Au dîner, il y eut un certain entrain, un air de cordialité. On fit ensuite un tour de jardin. Le petit Georges courait joyeusement d'un groupe à l'autre, em-
brassé, choyé partout. Cependant sa pétulance ne tarda
pas à se ralentir ; il se faisait tard, et l'heure de sonsom-
meil arrivait. Bientôt il se blottit sur les genoux de Suzanne, pencha sa jolie tête aux cheveux bouclés, et commença de s'endormir.

— Allons, mon bel ange, dit Suzanne, voici la
plume de votre oreiller qui vous appelle ; faites vos
adieux.

L'enfant se remit sur ses pieds, salua gentiment, et
Suzanne l'emmena.

— Je ne ferais peut-être pas mal d'en faire autant, dit Maudhuy au docteur ; je ne sais pas ce que
j'éprouve...

— En effet, dit celui-ci, depuis quelques minutes je
vous observe, et...

Il lui toucha le poulse et lui conseilla de rentrer. Chacun ayant joint ses instances à celles du docteur, Maudhuy se retira, appuyé sur le bras de Clémentine, que

sa tante avait décidée à faire moins mauvais visage ;
celle-ci les suivit.

Ils trouvèrent Suzanne qui achevait la toilette de nuit
de Georges. L'enfant couchait dans un petit cabinet contigu à la chambre de son père.

— Mais voyez donc comme il est beau, mon Georges !
disait Suzanne en l'élevant sur ses genoux .. Allons !
monsieur, venez donner un baiser à votre père.

Elle présenta l'enfant à Maudhuy, qui l'embrassa
avec effusion ; puis, elle l'emporta dans le cabinet voisin
et le mit au lit.

Clémentine et Luce aidèrent Maudhuy à se désha-
biller. Il se plaignait d'un grand malaise, de suffoca-
tions. Tout à coup, il porta la main à son cœur, poussa
un cri et resta à demi évanoui entre leurs bras.

Suzanne sortit précipitamment du cabinet, et, devinant ce qui se passait, courut à la fenêtre et appela le
docteur, qui causait avec Louis et le notaire sur la terrasse.

Tout trois montèrent.

Le docteur parvint à ranimer Maudhuy ; puis, tout en
le grondant des imprudences de la journée, prépara une
potion dont il lui fit prendre la moitié, et plaça le reste
sur un meuble.

Quelques minutes après, le malade éprouvait un léger soulagement ; il haletait doucement sur son lit, tandis que Suzanne lui essuyait son front baigné de sueur.

Luce, cependant, prenait le docteur à part et lui demandait sincèrement son avis. Il répondit qu'il ne voyait rien d'absolument inquiétant, mais que l'état général lui paraissait mauvais.

Maudhuy ne tarda pas à remarquer ces chuchotements; il demanda de quoi il s'agissait; on se rapprocha.

— Je disais à mademoiselle, dit le docteur, que cette crise n'est peut-être pas terminée. Si elle recommençait, il faudrait prendre le reste de la potion que j'ai préparée et dont vous avez déjà éprouvé un excellent effet... Où est-elle donc ?

Luce, restée un peu en arrière, s'en était emparée, et venait d'y verser, à l'insu de tous, le contenu d'une fiole soigneusement dissimulée.

— La voici, dit-elle en agitant légèrement la cuiller dans le bol.

— Bien. Mettez cela ici, sur cette table de nuit, à portée de la main.

Avant de s'éloigner avec le notaire et de Charens, le médecin recommanda qu'on veillât le malade, au moins une partie de la nuit. Maudhuy fit quelques difficultés.

trouvant la précaution excessive ; mais enfin il se soumit.

— Eh bien ! dit-il à Suzanne, tu ne reconduis pas ces messieurs ? Mademoiselle Baumet va t'accompagner.

Il était évident qu'il voulait rester seul avec Clémentine.

La vieille fille obéit d'assez mauvaise grâce, et sortit avec Suzanne et les trois hommes.

Clémentine avait repris son air sombre.

— Que me voulez-vous ? demanda-t-elle, quand il lui eut fait signe de s'approcher.

Un pâle sourire effleura les lèvres du malade.

— Je veux, dit-il, m'expliquer avec toi sur ce qui vient de se passer... Ce mariage te déplaît, je le sais ; cependant, je l'ai hâté le plus possible... D'abord, Suzanne et Louis s'aiment...

Elle l'interrompit :

— Eh ! mon Dieu, qu'ils s'aiment, qu'ils s'épousent, qu'est-ce que cela peut me faire ?... Mais, sans être trop exigeante, j'aurais pu souhaiter que vous prissiez mon avis au sujet de ce changement de résidence.

— Le docteur vient de me l'ordonner, tu l'as entendu ; et j'ai cru pouvoir compter sur ton dévouement. Tu ne refuseras pas de me suivre ?

— Non, puisque c'est mon devoir.

— Comme tu me dis cela !...

Il parut surmonter une pénible impression, puis il reprit :

— Rien ne peut t'attacher ici : tu hais de Charens, et tu en veux à Suzanne de l'aimer. Désormais, tu ne les auras plus auprès de toi... C'est dans ton intérêt, pour ton repos, ce que j'ai fait; plus tard, tu me remercieras... Dis-moi dès maintenant que tu ne m'en veux pas...

Son regard était suppliant. Il voulut lui prendre la main ; mais elle la retira brusquement, et heurta le bol placé sur la table de nuit et qui faillit se renverser : ce geste, à lui seul, révélait un ressentiment implacable.

— Ah ! s'écria-t-il avec désespoir, jette-les bien loin, tous ces breuvages. Qu'importe la santé, la vie, si je te suis odieux !...

Elle eut honte de sa dureté, se rapprocha, et lui présenta le bol qui vacillait encore sur la table :

— Buvez, lui dit-elle ; cette potion vous rendra le calme.

Ces paroles, cette simple démonstration, suffirent pour le ranimer.

— Oh ! que tu es bonne ! dit-il en l'attirant à lui ;

laisse-toi seulement aimer, et j'aurai la force de vivre...

— Buvez, reprit-elle.

Il obéit.

Luce et Suzanne rentrèrent.

Il y eut entre elles une sorte de dispute pour savoir qui des deux veillerait Maudhuy. Celui-ci regardait Clémentine et attendait sans doute qu'elle s'offrît ; mais elle ne dit mot. Il trancha le différend en faveur de Suzanne, et Luce se retira d'un air contrarié avec sa nièce.

Suzanne, restée seule près de son frère, s'attendait à une des bonnes causeries auxquelles il l'avait habituée ; mais, après quelques paroles insignifiantes, il se tut et tourna la tête du côté de la ruelle.

— Qu'as-tu donc ? lui demanda-t-elle après un quart d'heure de silence.

En s'approchant, elle lui vit les traits contractés et les yeux pleins de larmes.

— Ah ! tu pleures, s'écria-t-elle... Tu souffres, tu as un chagrin ?

— Mais non.

— Oh ! si, je devine... C'est Clémentine qui t'aura dit quelque dure parole.

— Tu te trompes... Allons, bon ! voilà que tu pleures à ton tour... Oh ! tu m'aimes, toi !

Il l'attira vers lui, et ils se tinrent quelque temps embrassés.

Mais sa respiration devenait courte, oppressée. Il repoussa doucement Suzanne et porta la main à son cœur.

— Ah ! mon Dieu, dit-elle, voilà que cela te reprend.

— Non, non... ce ne sera rien.

Le malaise augmentait. Elle l'engagea à prendre le reste de la potion préparée par le docteur, afin de prévenir une nouvelle crise. Il y consentit, et elle lui présenta le bol.

— Comme c'est amer ! fit-il, après avoir bu. J'ai déjà remarqué ce goût-là tout à l'heure, lorsque Clémentine m'a donné à boire.

Quelques minutes après, il paraissait un peu plus calme.

— Tu es mieux ? demanda Suzanne.

— Oui, mais je ne sais pas ce que j'éprouve.

C'était cette sensation d'amertume et de dégoût qui le poursuivait ; puis, une constriction de la gorge, une chaleur intolérable à l'estomac... Tout à coup, il se dressa en poussant un cri rauque.

— Qu'as-tu donc ? demanda-t-elle, effrayée.

Il ne répondit pas. Ses yeux étaient fixes et injectés ; sa voix s'étranglait ; son visage, rougi aux pommettes, se couvrait d'une sueur visqueuse ; des nausées et un hoquet précipité le secouaient.

— En effet, balbutia-t-il, c'est singulier...

Il y'eut un léger répit ; mais, presque aussitôt, les douleurs revinrent, intenses, implacables : ses traits crispés étaient effrayants à voir, ses membres tremblaient... enfin, après des efforts inouïs, il retomba, brisé, et s'évanouit.

— Au secours ! cria Suzanne.

Elle courut prendre de l'eau et lui mouilla les tempes. Il revint à lui, mais pour continuer de souffrir ; une soif ardente le dévorait. Elle lui fit un verre de sirop, mais il ne put en avaler une goutte. En même temps, des pustules et des plaques brunes lui marbraient la poitrine et le visage.

— On dirait un empoisonnement ! s'écria Suzanne.

XIV

Maudhuy répétait machinalement : « Un empoisonnement ! un empoisonnement ! » Tout à coup, son regard
effrayé chercha la tasse que Clémentine, au moment de
s'éloigner, lui avait présentée. Mais Suzanne s'en était
déjà emparée et l'examinait avec attention : au fond de
la tasse et sur les bords, elle remarqua une poudre
blanchâtre que le liquide, auquel cette poudre était mêlée n'avait pu encore dissoudre.

— Eh bien ? demanda Maudhuy, qui, penché hors
de son lit, les traits contractés, livides, les mains cris-
pées, suivait tous ses mouvements.

— Oui, oui, c'est le poison ! murmurait-elle, sans lui
répondre et en suivant sa propre pensée... Mais qui l'a
mis là ?... Il n'y avait aucune poudre dans la potion qu'a

préparée le docteur, là, sur cette table, devant moi. Je
l'ai bien vu... et, depuis son départ, moi seule et Clémentine, nous nous sommes approchées...

Elle s'arrêta, tremblante, craignant d'en dire davantage. Mais Maudhuy l'avait entendue : « Clémentine ! Clémentine ! » répétait-il ; et on aurait dit qu'il
essayait de se rappeler quelque chose, d'évoquer sa
mémoire rebelle.

Bientôt, il se souleva, et, agitant les mains dans le
vide comme pour chasser une image, un fantôme qui
l'obsédait :

—Oh ! non ! non ! fit-il ; c'est impossible ! c'est impossible ! Que lui ai-je fait ? Ah ! cette pensée... pour la
chasser, pour...

Suzanne ne songeait plus qu'à porter secours à son
frère.

— Il est encore temps... Un médecin ! vite, un médecin ! criait-elle en courant éperdue dans la chambre.

Elle se pendit au cordon de la sonnette et le cassa.

— Non... non... tais-toi... tais-toi... n'appelle pas,
disait Maudhuy, je te supplie... je te défends !..

Tout à coup, comme frappée d'une idée, elle s'arrêta
dans sa course, repoussa la porte qu'elle venait d'ouvrir, et, revenant vers lui :

— Pourquoi me défends-tu d'appeler? demanda-t-elle. Tu as donc peur pour quelqu'un? tu soupçonnes quelqu'un?... Qui soupçonnes-tu?

Mais il venait de s'évanouir, et on l'eût cru mort sans un reste de souffle, de légers frissons errants à fleur de peau, et des contractions nerveuses de la face.

Affolée de terreur, n'osant pas le quitter pour aller chercher du secours, elle s'efforça de le rappeler à la vie, et elle y parvint.

Il rouvrit enfin les yeux, lentement, et de grosses larmes s'en échappèrent. Cette fois, il était exténué, inerte; des mots sans suite sortaient de ses lèvres :

— Elle me hait! répétait-il, elle me hait! je m'en suis aperçu... Puis, se tournant vers sa sœur : — J'ai froid! murmura-t-il faiblement.

En effet, ses mains étaient glacées. Suzanne les réchauffa dans les siennes, accumula les couvertures sur ses pieds, et, lorsqu'il parut moins souffrir, se penchant vers lui, à voix basse :

— Qui donc soupçonnes-tu? demanda-t-elle de nouveau.

— Personne, personne! fit-il, effrayé de cette question.

— Si! tu soupçonnes quelqu'un. De qui veux-tu parler, lorsque tu dis : « Elle me hait ! » Tu ne me réponds pas... Alors... tu ne crains rien, je vais appeler...

Elle allait s'éloigner ; mais il fit un suprême effort, se redressa sur son lit et la retint par sa robe.

— Ah ! s'écria Suzanne, terrible, tu vois bien !.., C'est donc elle que tu soupçonnes, comme je l'ai soupçonnée moi-même ? En effet, elle seule est entrée ici, elle seule s'est approchée de cette table, elle seule avait intérêt... Oh ! l'infâme ! l'infâme ! Mais je ne veux pas que son crime reste impuni !

Elle se dégagea. Au moment où elle s'élançait, elle aperçut une forme blanche près de la porte du cabinet, et une petite voix demanda timidement :

— Qu'est-ce qu'il y a donc, tante Suzanne ?

Ses cris n'avaient eu d'autre effet que de réveiller l'enfant.

— Georges, mon cher Georges ! s'écria-t-elle en courant à lui.

Elle le prit dans ses bras pour le reporter dans son lit ; mais, de l'autre coin de la chambre, Maudhuy criait avec effort :

— Non... apporte-le-moi. Je veux le voir, je veux l'embrasser !

Elle obéit.

L'enfant fut stupéfié en apercevant la figure décom-
posée de son père. Celui-ci tâchait de comprimer ses
souffrances.

— Viens ici, mon cher petit Georges, disait-il. C'est
la dernière fois peut-être... Souviens-toi... Je t'ai bien
aimé, va! Embrasse-moi...

Il tendait ses mains tremblantes et glacées et essayait
de sourire. Suzanne pencha vers lui l'enfant tout fris-
sonnant de crainte; il l'étreignit longuement sur
son cœur, puis l'éloigna de lui, et fit signe de l'emporter.

En quelques secondes, elle eut replacé l'enfant dans
son lit et refermé la porte du cabinet. Elle allait sortir
et éveiller la maison, lorsque Maudhuy la rappela de
nouveau vers lui.

— Reste, lui dit-il... pas un mot! je t'en supplie, pas
un mot!

— Je ne parlerai pas; mais je ne puis te laisser dans
cet état! Je vais donner des ordres, il faut qu'on aille
chercher un médecin...

— Il est trop tard; je sens le froid de la mort qui me
gagne...

Ses souffrances étaient moins vives, mais il s'affais-
sait de plus en plus.

8

— Ah! je ne te laisserai pas mourir sans vengeance!
s'écria Suzanne.

— Non, pas de vengeance! murmura-t-il. Je suis
heureux de mourir, puisqu'elle me hait. Adieu, ma
bonne sœur... adieu à ce pauvre enfant qui est
là...

Sa voix passait comme un souffle, et Suzanne retenait
ses sanglots pour pouvoir l'entendre.

— Tu parles de vengeance, continua-t-il ; mais est-
ce possible? Le châtiment pour elle, c'est la honte pour
lui..., pour mon pauvre Georges... Oh! pas de flétris-
sure... non, jamais!

Au milieu des spasmes qui l'agitaient, il ordonna à
Suzanne de faire disparaître tous les indices du crime, et
elle lui obéit.

Délivré de cette préoccupation, il n'eut plus de pensée que pour son fils.

— Tu l'aimes, dit-il à Suzanne ; je suis tranquille : tu
veilleras sur lui, tu en auras soin. Tu lui parleras de
moi, n'est-ce pas? de son père qui l'adorait, qui faisait,
à son sujet, tant de rêves d'avenir.

Il fit jurer à sa sœur par tout ce qu'il y avait de plus
sacré, par la sainte et inaltérable affection qui les avait
toujours unis, de ne jamais abandonner Georges, de le

protéger, de se sacrifier pour lui, s'il le fallait; elle lui
fit ce serment.

Mais cela ne le rassurait pas encore. Que pourrait
le dévouement de sa sœur? Il fallait qu'elle fût armée contre Clémentine. Il regretta d'avoir fait disparaître tous les indices du crime. Mais une accusation
formelle, écrite de sa main, y suppléerait : ce serait
une menace terrible suspendue sur la tête de la coupable, et dont Suzanne n'userait qu'à la dernière extrémité.

Il se fit donner une plume pour écrire ; mais sa main
paralysée ne put tracer un seul mot... Sa pensée commençait à s'engourdir, à s'égarer ; l'agonie venait. Elle
fut de courte durée : après un léger spasme, il s'éteignit
entre les bras de sa sœur, en murmurant le nom de
Georges.

Deux minutes après, toute la maison, éveillée par les
cris de Suzanne, était en émoi ; seules, Clémentine et
Luce, malgré des appels réitérés, n'étaient pas encore
sorties de leurs chambres.

— La misérable ! se disait Suzanne, qu'elle ose donc
au moins contempler son œuvre !

Cependant, il fallait qu'elle dissimulât, qu'elle donnât
le change à la curiosité, aux ébahissements des domes-

tiques, qu'elle préparât des réponses à toutes les questions qu'on allait lui faire.

Clémentine et Luce arrivèrent enfin : celle-ci jouant le saisissement et s'élançant avec des cris et des larmes sur le corps de Maudhuy ; — celle-là muette de stupeur et comme égarée. Suzanne lui jeta un regard terrible... qu'elle réprima aussitôt. La pauvre fille n'était pas au bout de ses tortures. Un médecin fut appelé : elle dut raconter les circonstances de cette mort, et, fidèle à son serment, les arranger de telle sorte qu'on pût croire que la maladie de Maudhuy l'avait seule emporté.

Un moment, elle faillit se trahir, à propos de Georges. L'enfant ne s'était pas rendormi ; il criait et appelait de sa petite chambre. Un domestique lui ayant ouvert, il sortit, tout éploré ; sa mère, en l'apercevant, lui tendit les bras, mais Suzanne fut plus prompte :

— Non ! c'est moi qui suis ta mère ! cria-t-elle en le saisissant.

Et elle l'emporta en courant, comme si on eût voulu le lui ravir.

XV

On ne vit là qu'un emportement de douleur irré-
fléchi.

Quant à la mort de Maudhuy, elle était depuis trop
longtemps prévue comme l'issue inévitable de sa maladie
pour qu'on songeât à s'en étonner : le médecin lui-même
ne remarqua pas certaines indications suspectes qui,
dans toute autre circonstance, n'eussent pas manqué de
le frapper.

D'ailleurs, son attention fut distraite par les soins à
donner à Suzanne, qui, rentrée dans sa chambre, venait
d'être prise d'une attaque de nerfs, bientôt suivie d'une
fièvre violente. L'exaltation de la jeune fille était extrême;
elle se changea en véritable délire à la vue de Clémentine qui vint prendre de ses nouvelles, et qu'on dut

3

éloigner. Le médecin craignait un transport au cerveau.
Cependant, dans la soirée, une réaction se fit : d'abon-
dantes larmes survinrent, qui soulagèrent la malade ;
elle passa une nuit assez calme, en compagnie de Georges,
dont les caresses l'apaisaient et qu'elle ne voulut pas
quitter un seul instant.

Ce fut pour éviter au pauvre petit le lugubre spec-
tacle de l'enterrement de son père, qu'elle consentit, le
lendemain, après de longues supplications de M. de
Charens et du médecin, à se renfermer avec lui à
Villeneuve, tandis qu'on emmenait à Paris le corps de
Maudhuy.

L'enterrement eut lieu le 3 septembre, avec un grand
concours d'assistants : le défunt laissait d'unanimes
regrets.

Profitant de ses priviléges de veuve, Clémentine n'as-
sista pas à la funèbre cérémonie. Mais les quelques
intimes qui pénétrèrent jusqu'à elle purent remarquer sa
contenance digne et simple, sans étalage de sentiments
exagérés, de larmes hypocrites ; la stupeur causée par
une mort si soudaine remplaçait ostensiblement les mani-
festations d'une douleur qu'elle ne pouvait éprouver.

L'attitude de Luce fut toute différente. Depuis le
moment où elle s'était jetée comme affolée sur le corps

de Maudhuy, elle n'avait cessé de gémir et de pleurer ;
et c'étaient des lamentations infinies sur le malheur de
sa pauvre Nini.

— C'est elle qui est à plaindre! s'écriait-elle en levant
ses maigres bras.

— Ah çà, lui fit observer Clémentine lorsqu'elles
furent seules, pourquoi ces démonstrations? Elles
étaient au moins inutiles.

— Il faut bien faire quelque chose pour le monde,
répondit Luce.

Puis, craignant de s'être trop avilie aux yeux de
sa nièce, elle ajouta :

— C'est plus sincère que tu ne crois ; j'ai comme un
remords, vois-tu !

— Un remords?

— Oui. Tu te souviens de cette *réussite* que j'ai
faite?

— Est-ce que tu vas t'imaginer que cela a pu avoir
quelque influence ?

— Dame ! on ne sait pas... C'est arrivé bien prompte-
ment après, et juste comme je te l'avais prédit.

Clémentine haussa les épaules.

— Quoi qu'il en soit, ajouta Luce à voix basse et en
se penchant vers sa nièce, te voilà libre.

— Tais-toi ! dit celle-ci, qui, depuis deux jours, sentait cette idée sourdre en elle, et qui la refoulait comme une impiété.

Lorsque les deux femmes se retrouvèrent avec Louis de Charens, au retour de l'enterrement, Luce, qui avait repris ses airs de désolation, saisit avec attendrissement la main du jeune homme :

— Ah ! mon cher monsieur de Charens, quelle perte nous venons de faire tous ! s'écria-t-elle.

— Il est vrai, mademoiselle, dit simplement Louis. Pour moi, je n'oublierai jamais les bontés de Maudhuy ; je lui devais tout.

En parlant ainsi, ses paupières se mouillèrent, et cette larme échappée à une douleur profonde virilement supportée, était plus touchante que toutes les pleurnicheries de Luce.

La vieille fille, alors, entama un éloge en règle du défunt, auquel Clémentine, par convenance, ajouta quelques mots d'approbation du bout des lèvres ; mais Louis ne tarda pas à interrompre ce concert.

— Sans doute, dit-il, nous avons tous su l'apprécier, et nous garderons son souvenir. Mais il est une personne qui lui était particulièrement chère, et dont l'état en ce moment m'inspire des inquiétudes...

Clémentine, à ces mots, eut un brusque tressaillement.

— Oh ! sa sœur... dit Luce ; en effet, cette pauvre
demoiselle Suzanne est bien frappée.

— Il me tarde, reprit Louis, d'avoir de ses nouvelles,
et je vous prierai de m'excuser si je vous quitte...

— Mais nous sommes inquiètes aussi, dit Luce, et nous
vous demandons la permission de vous accompagner.

— Alors, le temps de donner un coup d'œil dans les
bureaux, et, si vous le voulez bien, nous partons.

A peine se fut-il éloigné, que Clémentine déclara
qu'elle n'irait pas à Villeneuve.

— Tu préfères donc, s'écria Luce, lui donner le
champ libre ? Vraiment, je ne te conçois pas. Si, comme
tu le crois, Suzanne est pour toi une rivale sérieuse, est-
ce par ces maladresses que tu prétends l'emporter sur
elle ?

Alors la bossue, avec cette finesse qui lui était propre
et qu'elle mettait avec tant d'empressement au service
de sa nièce, se mit à expliquer comment elle comprenait la conduite à tenir :

« Il fallait d'abord faire bonne mine à Suzanne, tout
en l'observant, la dénigrer doucement dans l'esprit de
Louis, sourire à celui-ci, et provoquer des comparaisons

qui ne pourraient être que favorables à Clémentine. Si, par hasard, M. de Charens s'obstinait dans son ridicule attachement, il conviendrait de rompre tous les tête-à-tête que les deux amoureux se ménageraient... »

— Oublies-tu, continua Luce en serrant la main de sa nièce, que tu es la veuve de Maudhuy, que tu auras des intérêts communs à liquider avec son associé, que vous allez continuer à vivre dans la même maison ? Que de rapports obligés, d'occasions forcées de se voir seul à seul, de coqueter, de lui plaire, de l'éblouir !... Oh ! si j'étais à ta place, je voudrais qu'avant un mois il se jetât à mes pieds, en me demandant pardon de m'avoir un instant négligée.

C'était plus de raisons qu'il n'en fallait pour décider Clémentine. Un quart d'heure après, ils partaient tous trois pour Villeneuve.

Bien que le médecin eût déclaré qu'il ne voyait aucun accident à craindre, la journée avait été mauvaise pour Suzanne : la fièvre l'avait reprise, et elle avait été obligée de garder le lit pendant quelques heures ; puis, elle avait voulu se lever, malgré son état d'agitation. Maintenant, étendue sur une chaise longue, elle causait et jouait avec Georges, tâchant ainsi de tromper leur commune tristesse.

Elle sourit doucement à M. de Charens et à Luce ; mais, en apercevant Clémentine qui venait derrière eux, la même impression d'effroi qui l'avait bouleversée les jours précédents se renouvela : ses yeux devinrent hagards, sa poitrine oppressée.

— Qu'avez-vous, ma chère Suzanne ? demanda Louis.

Elle ne répondit pas ; mais ses membres tremblaient, et toujours ses regards se reportaient anxieusement sur sa belle-sœur, comme sous l'empire d'une douloureuse fascination.

— Ah çà, est-ce que c'est moi qui te fais peur ? demanda Clémentine.

— Peur ?... oh ! oui... balbutia la jeune fille. Pourquoi êtes-vous ici ?... Que voulez-vous ?

Clémentine fronça le sourcil.

— Voilà que tu me dis *vous* maintenant !... Qu'est-ce qui te prend ?

Mais Suzanne ne l'écoutait pas, et, répondant à sa propre pensée :

— Ah ! s'écria-t-elle, je sais... Vous venez pour me l'enlever ; vous voulez me prendre mon Georges !... Mais vous ne l'aurez pas... Non ! je le défendrai jusqu'à la mort !... N'est-ce pas, Georges, que tu ne me quitteras pas ? dit-elle en le serrant contre sa poitrine.

— Non, tante Suzanne, dit l'enfant.

M. de Charens échangea un regard avec Luce, et tous deux se mirent en devoir de rassurer la malade.

— Remettez-vous, ma chère Suzanne, disait Louis; on ne veut pas vous enlever Georges; personne n'y songe.

— Non, n'est-ce pas? fit-elle, vous me le promettez? Oh! je vous crois, vous êtes bon, vous; vous m'aiderez à le défendre, à le protéger.

Clémentine, sur un signe suppliant de M. de Charens, s'éloigna, à la fois irritée et inquiète de l'étrange répulsion qu'elle excitait. Suzanne alors, comme si elle eût été délivrée d'une obsession douloureuse, se calma peu à peu. Cependant elle eut un nouveau frisson et elle pleura à chaudes larmes, quand elle apprit que sa belle-sœur comptait rester à Villeneuve, et qu'il lui faudrait vivre sous le même toit qu'elle.

XVI

Malgré ces émotions, la jeunesse et la santé reprirent le dessus. Au bout de quelques jours, tout danger de grave maladie avait disparu. Suzanne se reprenait à vivre, mais affaissée et mortellement triste, et toujours sous le coup de cette antipathie que lui inspirait Clémentine. Pour éviter de la rencontrer, elle se renfermait dans sa chambre, avec Georges, qu'elle ne voulait pas perdre de vue un seul instant : il semblait que son amour pour cet enfant se fût accru de toute l'affection qu'elle portait naguère à son père ; elle ne permettait à personne de le soigner, de s'occuper de lui ; il fallait que ce fût elle qui préparât ses repas et qui les lui fît prendre.

Ces singularités ne pouvaient s'expliquer que par un

9

état maladif, un profond ébranlement nerveux résultant de la mort de Maudhuy. Cependant, en y réfléchissant, Luce crut y découvrir une autre cause. Pourquoi, en effet, cette aversion particulière contre Clémentine, sinon parce que Suzanne la soupçonnait d'aimer Louis et d'être sa rivale?

— Oui, dit-elle un jour à sa nièce, ce ne peut être que cela; c'est un instinct de jalousie qui l'éclaire et qui l'anime contre toi...

— Un instinct de jalousie! Tu te trompes. Je ne me suis jamais trahie devant elle, et M. de Charens est incapable de lui avoir appris...

— Elle aura deviné...

— Alors, s'écria Clémentine, je ne serai pas en reste avec elle!

En effet, à partir de ce moment et malgré les observations de sa tante, elle rendit amplement à Suzanne ses procédés et ses dédains.

Une quinzaine se passa ainsi. Louis, obligé par ses affaires d'aller chaque matin à Paris, était tout surpris, le soir, à son retour, de ne pouvoir causer un seul instant avec Suzanne sans que Luce, toujours aux aguets, vînt s'entremettre et les déranger; puis, il crut remarquer chez la jeune fille un refroidissement à son égard.

Un jour qu'il était parvenu à tromper la vigilance de Luce, il se plaignit doucement à Suzanne.

— Que vous ai-je fait? lui dit-il; en quoi ai-je pu vous déplaire? On dirait que vous m'en voulez.

— Moi, vous en vouloir! s'écria-t-elle avec cette animation fébrile qui ne la quittait pas depuis la mort de son frère; ô Dieu, non!... Et pourquoi? Qu'ai-je à vous reprocher? Vous n'êtes coupable de rien, vous !

— Ainsi, vous m'aimez toujours? demanda-t-il joyeusement.

— Oui, je n'espère qu'en vous; je n'ai que vous pour me soutenir dans les dures épreuves qu'il me faut subir.

Des larmes brûlantes lui jaillirent des yeux.

— Vous pleurez! s'écria-t-il, presque aussi ému qu'elle; je vous en supplie, calmez-vous. Oh! oui, vous pouvez compter sur moi... toute ma vie vous appartient.

Il voulut lui parler de son amour, lui rappeler les douces promesses échangées entre eux et ratifiées par Maudhuy; mais elle l'interrompit :

— Oh! laissez cela, je vous en prie. C'était un rêve; il ne peut plus se réaliser.

— Aujourd'hui, non ; mais, plus tard...

— Non, jamais; plus un mot! fit-elle d'un ton suppliant. Entre ces projets et nous, il y a une tombe.

— Mais celui que nous pleurons approuvait notre amour.

— Qu'importe! Etes-vous bien sûr qu'il l'approuve-rait aujourd'hui? Croyez-vous que sa mort n'ait pas changé notre condition à tous, ne nous ait pas imposé de nouveaux devoirs?

Elle parla de ce dévouement absolu qu'elle devait à Georges, du serment qu'elle avait fait à son frère mou-rant, et que rien ne pourrait l'empêcher de tenir. Et, comme il lui faisait observer que l'enfant avait encore sa mère :

— Non, dit-elle, il n'a plus que moi ; il est orphelin !

Alors, elle exhala toute sa haine et son mépris pour Clémentine, à qui elle reprocha nettement d'avoir causé la mort de Maudhuy.

Et comme, à ces mots, il relevait la tête, elle craignit d'être allée trop loin et d'avoir laissé percer la terrible accusation qu'elle devait tenir secrète, et elle ajouta :

— N'est-ce pas elle qui, à tant d'amour, n'a jamais répondu que par du dédain? elle qui, par un supplice de chaque jour, a aggravé la maladie qui a fini par l'em-porter? Oh ! oui, c'est bien elle qui l'a tué! Et je suis condamnée à vivre près d'elle, sous sa dépendance ! Déjà

elle se redresse avec insolence et elle me menace.
O Dieu! comment pourrai-je lui résister? que devien-
drai-je?...

Elle se laissa tomber sur un siége en sanglotant. Il
tâcha de la ranimer, en lui affirmant que ses craintes
étaient exagérées, qu'en tout cas elle pouvait compter
sur son appui.

En même temps, il songeait aux moyens de séparer
les deux belles-sœurs, dont l'antipathie réciproque lui
était mieux connue qu'à personne, et pour qui la vie en
commun devait être un continuel froissement. Sans s'être
encore arrêté à rien, mais certain de réussir, il promit à
Suzanne de la délivrer bientôt de la présence de celle
qu'elle regardait comme son ennemie. Elle le remercia
avec effusion.

— Oh! que vous êtes bon! lui dit-elle... Oui, faites
cela, et jamais je n'aurai assez de reconnaissance pour
un tel service.

Elle lui expliqua la vie comme elle la comprenait
maintenant, vie d'isolement et d'austérité, dans une retraite écartée, loin du monde et de tous, seule avec
Georges, qu'elle élèverait et dont l'avenir serait désormais le sien.

Il la quitta, péniblement impressionné.

Une heure après, fidèle à sa promesse, il demandait à parler à Clémentine.

Toutes les rancunes de la jeune femme se fondirent à la seule annonce de cette visite. Enfin il se rapprochait d'elle! Que lui voulait-il?... Elle fit sortir précipitamment Luce, et attendit, tout émue.

Hélas! ce fut de prosaïques considérations d'affaires qu'il l'entretint. Il lui rappela qu'ils avaient des intérêts communs à régler, que la mort de Maudhuy et la minorité de son fils l'obligeaient à certaines formalités prescrites par la loi.

— Mais, fit-elle, un peu étonnée, je vous avais demandé de vous charger de cela, et vous y aviez consenti?

— Sans doute, et je ferai tout ce qui dépendra de moi pour vous épargner un ennui; mais toutes ces formalités doivent s'accomplir à Paris, la plupart en votre présence et avec votre signature.

— Eh bien! je suis prête à me rendre à Paris, à y résider même, si vous le croyez nécessaire.

— C'est précisément de quoi j'allais vous prier; mais je craignais...

— Quoi? de me contrarier? Ah! Dieu, non, je vous assure. Je m'ennuie affreusement dans cette campagne et j'ai hâte de la quitter, — dès ce soir, si vous voulez...

Cette démarche de Louis la combla de joie : d'abord, c'était la première qu'il eût jamais faite auprès d'elle ; puis, elle supposa que ces formalités de justice, ces affaires à régler, n'étaient qu'un prétexte imaginé par lui pour se rapprocher, pour renouer d'anciennes relations.

— Oh ! si c'était vrai ! s'écria-t-elle en se jetant dans les bras de sa tante, un instant après qu'il se fut éloigné.

Mais que devenait Suzanne dans cet arrangement ? Viendrait-elle aussi à Paris, ou bien resterait-elle à Villeneuve ? Ce doute inquiétait vivement Clémentine ; la bossue se chargea de l'éclaircir.

Elle alla trouver Suzanne, et, en présence de Louis, qui venait de la rejoindre, elle se fit expliquer les intentions de la jeune fille. Lorsqu'elle les connut, elle retourna auprès de sa nièce, pour lui en faire part.

— Ainsi elle veut rester ? dit Clémentine.

— Oui, c'est tout ton désir.

— Combien de temps ?

— Toujours... tant qu'on voudra.

— Ah ! fit-elle joyeusement.

Mais une inquiétude nouvelle venait de surgir dans son esprit.

— Soit ! dit-elle, elle restera ici ; mais elle recevra bien quelques visites ?

— Non, elle n'en veut aucune, et, en disant cela, tout à l'heure, devant moi, elle regardait M. de Charens, comme pour lui indiquer que cette défense s'adressait particulièrement à lui : il a compris et il a baissé la tête d'un air résigné.

— Bien ! reprit Clémentine ; seulement je m'étonne qu'elle ait le courage de rester seule ici, dans cette maison.

— Oh ! elle ne compte pas y rester seule, fit observer Luce.

— Que veux-tu dire ?

— Elle espère qu'on lui laissera Georges.

— Mon fils ? Jamais !

— Pourquoi ? n'en aurait-elle pas soin ?

— Certes, elle l'aime et il l'adore ; mais je suis sa mère...

— C'est justement parce que tu es sa mère, que tu préféreras le voir à la campagne, au grand air, plutôt qu'à Paris, dans un appartement fermé et étroit. Le petit n'est pas fort ; il a besoin de mouvement, d'exercice, de soleil. Oh ! je ne te conseillerais pas de le confier à une étrangère ; mais, à sa tante qui l'aime aussi passion-

nément que je t'aime?... Du reste, choisis : laisse pendant quelques mois Georges à Suzanne ; ou bien pars
avec lui pour Paris ; mais alors, ta belle-sœur, qui ne
veut pas rester ici dans un complet isolement, l'accom-
pagnera...

Le lendemain, Clémentine quittait Villeneuve, avec
sa tante et Louis de Charens.

9.

XVII

Ce n'était pas un vain prétexte que M. de Charens
avait imaginé. Il est certain que la présence de
madame Maudhuy devenait indispensable à Paris : c'était
un subrogé-tuteur à faire nommer à l'enfant, un inven-
taire à dresser. Et la maison de commerce, qu'allait-
elle devenir ? Louis continuerait-il à la gérer de compte
à demi ? ou bien la garderait-il pour lui seul, moyennant
soulte ? ou enfin la liciterait-on ?

D'abord, elle ne voulut pas entrer dans l'examen
de ces questions : elle s'en rapportait entièrement à
M. de Charens ; ce qu'il déciderait serait bien. Mais il
n'accepta pas un moyen de solution aussi commode
et jusqu'à un certain point compromettant pour lui :
il fallait qu'elle vérifiât par elle-même, qu'elle ne

se décidât qu'en parfaite connaissance de cause.

Alors elle se rapprocha, attentive à ses explications, suivant avidement sa parole, son regard, — parut comprendre, puis se trompa, se dépita de sa sottise, s'excusa de le faire répéter : — tout cela avec une gentillesse de jeune écolière, une grâce adorable dont il était impossible qu'il ne fût pas intérieurement touché.

Elle fut bientôt fatiguée, et le pria de remettre à un autre jour la fin de ces explications. En même temps, elle insista pour qu'il restât à dîner, et il dut accepter.

En le voyant à table, en face d'elle, à la place naguère occupée par Maudhuy, elle comprit toute la portée de ce mot que Luce lui avait murmuré à l'oreille : « Tu es libre ! » — Oui ! elle s'appartenait maintenant ; elle n'était plus liée à ce mari qui lui avait pris ses plus belles années, qui l'avait flétrie de ses tendresses. Au lieu de ce spectre, c'était maintenant la figure rayonnante de l'homme aimé, de celui qu'elle avait un instant méconnu, mais qui lui pardonnerait... elle le sentait bien, elle en était sûre !

Épanouie sous cette délicieuse persuasion, elle se montra, ce qu'elle n'avait jamais été depuis six ans, doucement enjouée, souriante, pleine de charme et de séduction.

Il était difficile qu'il ne fût pas question de Maudhuy.
Elle parla de lui sans répugnance marquée, avec une
gravité douce et triste : elle reconnut ses excellentes
qualités, sa bonté inaltérable ; elle se reprocha même
de n'avoir pas été pour lui ce qu'elle aurait dû être, de
l'avoir maintes fois désolé, rendu malheureux.

— Mais quoi ! fit-elle, était-ce bien de ma faute?...

Dès le lendemain, elle se mit à préparer ses moyens
d'attaque.

D'abord, elle s'occupa de faire disparaître de l'appartement tous les objets qui rappelaient trop directement
le souvenir du défunt.

Les meubles furent disposés dans un meilleur ordre,
quelques-uns mis au rebut et remplacés ; de nouvelles
tentures furent achetées. Puis, vint l'importante question de la toilette. Son veuvage l'autorisait à un remu-
niement complet ; elle ne s'en fit pas faute : le noir,
heureusement, faisait ressortir la blancheur mate de sa
peau et l'éclat de son regard.

— Comme le deuil te va bien ! disait naïvement Luce
en la voyant essayer ses coquetteries devant une glace.

Louis ne parut pas remarquer ces frais faits à son intention. Il venait, selon la circonstance, l'entretenir
d'affaires, de comptes, de chiffres, mais en se tenant

toujours dans une réserve impénétrable. Plusieurs fois, elle le consulta sur les changements qu'elle méditait, et il lui donna son avis, simplement, en quelques mots. Il avait toujours quelque travail pressé pour décliner ses invitations, — qu'elle se lassa à la fin de lui adresser.

Du reste, sa vie, qu'elle épiait dans les moindres détails, était des plus simples : il habitait deux petites pièces au-dessus des bureaux, se faisait apporter ses repas du dehors, ne sortait que pour des courses obligées, des rendez-vous d'affaires... Il n'y avait pas de raison pour que cela ne se prolongeât pas indéfiniment.

Au bout d'un mois, elle dut s'avouer l'inutilité de ses tentatives. Alors, elle se laissa aller à un sombre découragement. Les consolations de Luce l'exaspéraient. Bientôt, elle fit retomber sur la vieille fille toute sa mauvaise humeur : c'était un témoin irritant de ses humiliations ; puis, qui pouvait répondre que les dédains de Louis ne venaient pas de cette difforme et ridicule parenté ?

Luce subissait ces rebuffades, comme un pauvre chien les mauvais traitements de son maître. Une seule fois elle protesta douloureusement.

— Ce que j'ai fait pour toi depuis que je suis ici ? dit-elle ; tu ne le sauras jamais... je l'espère bien !...

Ces paroles et le regard qui les accompagnait étaient tout un aveu ; mais Clémentine ne le remarqua pas. Elle poursuivit ses injustes reproches — jusqu'au jour où, une lettre étant arrivée de Clamecy, par laquelle Baumet se plaignait de la trop longue absence de Luce, une séparation fut enfin résolue entre la tante et la nièce.

— Oui, c'est peut-être mieux ainsi, dit la vieille fille ; je te nuisais, je suis un épouvantail... Tu réussiras, va ! Il t'aime, je le vois bien, j'en suis sûre : ce n'est qu'un reste d'embarras et de timidité qui le retient... Mais, quoi qu'il arrive, souviens-toi de ta vieille Tata... qui t'aime, qui ne vit que de ta vie... Qu'est-ce que j'aurais à faire sur terre, sans toi !

Clémentine, touchée enfin de cette tendresse infinie, tomba dans les bras de sa tante, et elles se séparèrent en pleurant.

La jeune femme ne gagna rien à ce départ, au contraire. Luce était un intermédiaire entre elle et Louis : que d'entrevues ménagées par son ingénieuse complaisance ! Aujourd'hui, plus rien ; de temps à autre, quelque visite de Louis pour affaires, quelques mots échangés avec une politesse glaciale.

— Ah ! il songe toujours à elle, il l'aime ! se répétait Clémentine avec désespoir.

Et, emportée par son imagination, elle crut voir dans cette séparation même qu'elle avait provoquée un moyen concerté entre eux pour se réunir plus librement.

— Oui, c'est cela ! se dit-elle ; il va secrètement à Villeneuve... ils se rient de moi !

Elle se mit à surveiller plus étroitement ses démarches ; elle alla jusqu'à le faire espionner. Mais elle ne découvrit rien ; elle acquit même la preuve que, depuis son retour à Paris, il ne s'était jamais absenté.

On était au commencement de novembre ; les premiers froids se faisaient sentir.

— Que fait-elle donc là, par ce temps affreux, seule avec cet enfant ? s'écriait Clémentine exaspérée.

Alors, elle fut prise d'une profonde inquiétude maternelle ; elle se reprocha d'avoir laissé Georges aux mains de cette fille bizarre et malveillante, qui lui apprendrait à la détester. C'était son fils enfin ! et elle voulait le ravoir. Elle savait aussi, quoiqu'elle ne se le dît pas, qu'en enlevant l'enfant à Suzanne, elle atteignait celle-ci au cœur.

Aussi, un matin, la vit-on partir pour Villeneuve.

La villa, si charmante quelques mois auparavant, était maintenant triste, avec ses pelouses jaunies, ses arbres effeuillés.

L'enfant, profitant d'une pâle éclaircie de soleil, jouait sur la terrasse avec une femme de chambre. Il s'arrêta, tout interdit, en apercevant sa mère. Il était, du reste, rayonnant de santé.

— Oh ! cher Georges ! s'écria Clémentine en se précipitant vers lui et en l'embrassant.

Elle s'arrêta tout à coup, en apercevant Suzanne qui venait de descendre et qui la regardait, pâle de surprise et d'émotion.

— Eh bien, quoi ? dit-elle, cela t'étonne peut-être que j'aie voulu le revoir ? Tu comptais l'accaparer, à toi seule, et me priver de lui, moi, sa mère ! Ah ! mais non ! je ne l'entends pas ainsi.

— Tu n'as pas à te plaindre de la façon dont il a été soigné ?

— Non, mais sa place est près de moi, et, dès ce soir, je l'emmène à Paris.

Et, se tournant vers la femme de chambre :

— Irène, dit-elle, vous allez préparer les affaires de mon fils, et vous les ferez porter au chemin de fer.

— Ainsi, tu es bien décidée ? demanda Suzanne.

— Comment ! si je suis décidée !

— Cela suffit. — Irène, reprit Suzanne d'une voix ferme, lorsque vous aurez préparé les effets de Georges, vous viendrez m'aider à faire mes malles.

Clémentine tressaillit.

— Comment?... est-ce que tu pars aussi? fit-elle.

— Sans doute, que veux-tu que je fasse ici ?

— Tu y es bien restée jusqu'à présent ?

— Avec Georges, oui ; mais, du moment qu'il te plaît de me l'enlever...

— Ainsi, tu veux venir à Paris ?

— A Paris ou ailleurs, peu importe ; partout où tu l'emmèneras, j'irai : j'ai juré à son père mourant de ne pas le quitter, et je tiendrai mon serment.

— Et, s'il ne m'était pas possible de te recevoir chez moi?

— Dans la maison de mon frère ? je ne m'en étonnerais pas. Mais alors, je sais ce que j'aurais à faire.

— Ah ! et que ferais-tu ?

— Tu le verras.

Clémentine eut un moment d'affreuse incertitude ; puis, elle reprit :

— Tu serais trop heureuse de pouvoir me calomnier, jouer à la victime, et me faire passer pour une ingrate et vile créature... Eh bien, non ! je ne te donnerai pas cette joie. Puisque tu veux venir à Paris, viens ; tu seras reçue dans *la maison de ton frère*, comme tu dis, et la moitié de sa fortune est à ta disposition.

— Il ne m'en faut pas tant, dit Suzanne.

Et elle se hâta de s'éloigner pour aller faire ses préparatifs.

Le soir, les deux belles-sœurs et l'enfant descendaient rue d'Enghien.

XVIII

Suzanne et son neveu reprirent possession des deux pièces qu'ils occupaient avant la mort de Maudhuy. Sauf la présence de ce dernier, il semblait que l'existence dût se continuer pour eux telle qu'autrefois : Suzanne, en effet, était résolue à toutes les soumissions, pourvu qu'on ne la séparât pas de son cher Georges ; et Clémentine, de son côté, s'était promis, par fierté, de ne pas céder à ses emportements de jalousie ; mais la présence de Louis ne tarda pas à déranger ces combinaisons.

Dès qu'il eut appris l'arrivée de Suzanne, il accourut pour la voir, s'informa avec intérêt de tout ce qui la concernait, causa longuement, souriant, heureux ! Quelle différence avec ces froides et courtes entrevues qu'il avait avec Clémentine ! Celle-ci, qui était présente, constata cette transformation, la mort dans le cœur, et cependant le sourire sur les lèvres.

Les jours suivants, nouvelles visites. Il venait sous prétexte de parler *affaires* à Clémentine.

— Que de mal vous vous donnez pour moi ! lui dit-elle, un jour.

— Je ne fais que mon devoir, répondit-il, sans paraître remarquer cette ironie.

Si elle était seule, l'entretien était bientôt fini ; mais, en présence de Suzanne, il se prolongeait et ne tardait pas à dévier et à devenir plus intime. Puis, c'était pour la jeune fille une foule d'attentions délicates, dont elle paraissait touchée.

— Ils s'aiment ! s'écriait Clémentine avec rage, et devant moi, sous mes yeux !

Le calme qu'elle tâchait de s'imposer ne pouvait tenir longtemps devant cette torture répétée chaque jour. Alors, ce furent des emportements contre sa belle-sœur, des querelles au moindre propos, des mortifications de toute sorte, — jusqu'à lui reprocher la triste hospitalité qu'elle lui donnait ! Suzanne ne voyait dans ces scènes atroces, que la suite d'un long ressentiment contre Maudhuy, et les écarts d'un déplorable caractère. Elle les subissait presque sans mot dire, et en baissant la tête...

Que lui importait, après tout, du moment que son cher Georges n'en souffrait pas? L'orage passé, elle se réfugiait près de l'enfant, et tout était oublié dans une caresse.

Mais Clémentine, que ce sang-froid irritait, ne tarda pas à découvrir le point vulnérable. Un jour que Suzanne devait sortir avec l'enfant, elle se le fit amener, et déclara qu'elle voulait le garder près d'elle. Suzanne comprit la portée de cette agression indirecte; au lieu de plier, elle se redressa.

— Pourquoi donc ne veux-tu pas qu'il sorte? demanda-t-elle.

— Parce que cela me déplaît. Est-ce que je ne suis pas libre de le gouverner à ma guise? est-ce que je ne suis pas sa mère?

Suzanne garda un moment de silence.

— Ecoute, Clémentine, reprit-elle lentement et avec une fermeté qu'on n'eût pas attendue d'elle, tant que tu ne t'es attaquée qu'à moi, j'ai souffert patiemment, et je suis prête à souffrir encore; mais si, pour m'atteindre, tu touches à cet enfant, prends garde!...

C'était la seconde fois que Suzanne menaçait de la sorte. Clément'ne accepta le défi. Mais la jeune fille, intérieurement effrayée des suites d'une pareille lutte, se hâta de reprendre, d'un ton plus doux :

— Ce n'est pas une menace, c'est une prière que je t'adresse. Il ne faut pas que cet enfant souffre de nos disputes. Jusqu'ici tu me l'as laissé ; tu n'as pas eu à t'en repentir ; pourquoi donc cela ne continuerait-il pas?

Clémentine, secrètement flattée de cette soumission, ne jugea pas à propos de poursuivre une querelle qu'elle aurait toujours la faculté de reprendre plus tard.

— C'est bien, dit-elle d'un air sombre. Va.

Suzanne se hâta de sortir avec l'enfant.

Mais d'où lui venaient donc cette assurance et cette fermeté? Evidemment de la certitude que Louis la soutiendrait au besoin. Car ils ne devaient pas se contenter de ces entrevues en présence d'un tiers ; ils devaient se voir en secret ; et Suzanne n'avait pas manqué de lui raconter, en les exagérant, ses difficultés avec sa belle-sœur, et il lui avait promis son appui, un dévouement absolu !...

Elle n'eut plus d'autre pensée que de les surprendre dans un de ces rendez-vous.

Une quinzaine se passa sans qu'elle pût rien découvrir.

Mais, un jour qu'après une feinte sortie elle était rentrée subitement, elle apprit par un domestique que Louis était venu, et que, sur ses instances, Suzanne avait consenti à le recevoir : ils étaient ensemble au salon.

Sans hésiter, elle se dirigea brusquement vers cette pièce, et entra.

Elle s'attendait à jouir de leur confusion, à triompher de leurs explications embarrassées ; mais c'est à peine si Suzanne manifesta quelque surprise de cette soudaine irruption ; quant à Louis, il se leva froidement et salua.

— Ah ! c'est vous, monsieur de Charens ? dit-elle avec une nuance d'ironie ; je regrette beaucoup d'être sortie : vous aviez sans doute à me parler d'affaires ?

— Mon Dieu, non, madame, répondit-il ; je voulais seulement parler à Mlle Suzanne...

— Ah ! c'est à Suzanne ?... Alors, excusez-moi de vous avoir dérangés ; je vous laisse.

Elle fit mine de se retirer.

— C'est inutile, madame, dit Louis ; j'ai dit à Mlle Suzanne ce que j'avais à lui dire, et j'allais prendre congé d'elle, lorsque vous êtes entrée.

Il salua de nouveau ; puis, s'adressant à Suzanne, avant de sortir :

— N'oubliez pas! dit-il, je vous en prie...

Clémentine eut l'air de ne pas entendre. Elle le reconduisit jusqu'à la porte avec son plus aimable sourire; mais, quand il fut dehors, elle revint précipitamment vers Suzanne, et, s'arrêtant devant elle, les bras croisés, l'œil étincelant :

— Et tu crois que cela peut durer? dit-elle... que je vais souffrir ces rendez-vous ici, sous mes yeux?

— Il n'y a pas de rendez-vous. M. de Charens est venu, il a insisté pour me voir...

— Et tu y as consenti. Il choisit l'instant où je viens de sortir, et je vous retrouve ici, en tête-à-tête, enfermés. Ah çà, qu'aviez-vous donc de si pressé et de si mystérieux à vous dire? je serais curieuse de le savoir... Mais réponds donc !

— Je n'ai pas à répondre. Tu es furieuse.

— Moi? Ah ! par exemple !... Je suis enchantée, au contraire, de ce qui se passe... Mais je devine : il a été question de moi entre vous; tu en as dit le plus de mal possible... que je te hais, que je te persécute, pauvre victime !... Et tu as invoqué son appui, et il te l'a promis. « *N'oubliez pas!* »... c'est cela qu'il voulait dire, n'est-ce pas? Et puis, vous avez aussi parlé de votre amour, de vos fiançailles? Car vous étiez fiancés;

c'était une charmante idylle... un peu brusquement interrompue ; mais il est temps de la reprendre. C'était ton avis, n'est-il pas vrai ?

— Quand ce serait mon avis, qu'est-ce que cela pourrait te faire ?

— Comment donc ! mais je serais ravie, transportée de joie... Ah çà, parlons sérieusement : tu ne comptes pas, j'imagine, que je vais te céder la place ?

— Comment... me céder la place ?

— Oui, fais l'étonnée ! Tu ne comprends pas ce que je veux dire ?

— Mais non ! Que veux-tu que je comprenne ?

— Tu ne vois pas que, moi aussi, je l'aime... je l'aime ! entends-tu ? et tu voudrais me le disputer, lutter contre moi !...

— Tu l'aimes !... balbutia Suzanne, qui resta comme foudroyée par cette révélation.

— Ah ! cela t'étonne ? continua Clémentine ; tu ne supposais pas qu'avant de se laisser fiancer à toi, il pût s'être promis à une autre ? Eh bien, oui ! c'est comme cela... Moi aussi, il m'a juré un amour éternel ; il était sincère alors, et, quoi qu'il ait pu te dire, il m'aime encore, je le sens, j'en suis sûre : on n'oublie pas ces choses-là !... La calomnie seule a pu nous séparer ; malheureusement, quand elle s'est dissipée, je ne m'appartenais plus. Mais, maintenant, je suis libre !...

Suzanne, à ces mots, se redressa : toute la conduite de Clémentine venait de s'éclairer pour elle d'une lueur sinistre.

— Tu es libre ! s'écria-t-elle, mais à quel prix ? Ah ! misérable, c'est donc pour cela...

Elle n'acheva pas, et ne put que murmurer en sanglotant :

— Oh ! mon pauvre frère !

— Que veux-tu dire ? demanda Clémentine. Suis-je une misérable parce que, le cœur plein d'un autre, je n'ai pas répondu à l'amour de mon mari ?... parce que je l'ai haï ?... Oui, je ne m'en cache pas... Ce n'était pas assez pour lui de m'avoir obtenue par une fraude indigne, il fallait encore qu'il poussât vers toi celui que j'aimais, qu'il pressât votre mariage... Et tu crois que j'aurais souffert qu'il s'accomplît ?

— Oh ! non, je le sais bien... et tu as bien su l'empêcher... Le malheureux ! quand il se préoccupait de mon bonheur, il ne savait pas qu'il hâtait sa mort !

— Sa mort n'a rien à faire ici...

— Tu diras peut-être qu'elle n'est pas ton œuvre ?

— Mon œuvre, à moi ?

— Oui, à toi... empoisonneuse !

Clémentine, d'un bond, s'élança sur Suzanne, et, lui saisissant les poignets qu'elle tint serrés dans ses mains :

— Quel mot as-tu prononcé là ? s'écria-t-elle.

— J'ai dit que tu étais une empoisonneuse, répéta la jeune fille en regardant sa belle-sœur dans les yeux et sans se dégager de son étreinte.

— Misérable ! fit Clémentine ; misérable ! répéta-t-elle, sans trouver d'autre expression pour exprimer son indignation.

— Ah ! cela t'émeut, continua Suzanne ; tu croyais ton crime enseveli pour toujours !

— Mon crime !... un empoisonnement !... moi ! et tu oses soutenir une pareille accusation ?

— Oui, je l'ose !

— Alors, tu es folle.

— Non ! tu le sais bien ; regarde-moi, j'ai tout mon sang-froid.

— Si tu n'es pas folle, tu es infâme.

— C'est ce que tu as fait qui est infâme.

— J'aurais empoisonné, j'aurais tué mon mari !... C'est insensé ! A quoi bon ce crime, si j'avais été assez lâche pour le commettre ? Il n'avait plus qu'un souffle ; sa maladie le vouait à la mort !

— Pas assez vite, à ton gré.

— Ah ! c'est trop ! s'écria Clémentine ; il faut que cela s'éclaircisse et qu'on sache laquelle de nous deux est une misérable... Il me faut des preuves, entends-tu ?

— Des preuves ? il y en a, grâce à Dieu !

— Ainsi tu as la preuve que, moi, j'ai versé du poison ? Mais où donc ?

— Dans cette potion préparée par le docteur.

— Comment l'aurais-je pu ?

— N'es-tu pas restée seule, un instant, près de mon frère ?

— Oh ! mais c'est horrible, ces suppositions ! Comment la haine peut-elle aller jusque-là, jusqu'à inventer ces monstruosités ?

— Ah ! j'invente ? s'écria Suzanne ; c'est de mon invention peut-être, ces douleurs atroces qui l'ont pris dès qu'il a eu bu ?... et moins atroces encore que la certitude où il était que la mort lui venait d'une main aimée !... je les invente, ces malédictions qu'il a proférées contre toi, et qu'il me semble entendre encore !...

— Ainsi, dit Clémentine, il s'est cru empoisonné par moi, il te l'a dit, et tu l'as laissé expirer sans appeler au secours ?

— J'ai appelé, j'ai crié, tu le sais bien ! Ta chambre n'est pas si éloignée que tu ne m'aies entendue ; mais tu n'as pas osé venir : tu as craint qu'il n'eût encore assez de force pour te dénoncer !

Clémentine, à ces mots, se troubla, frissonna... Ces cris, cet appel auquel Luce l'avait empêchée de se rendre, cette promesse de sa tante qu'*elle serait libre en temps opportun*... toutes ces circonstances lui revinrent d'un seul coup à la mémoire, et elle se demanda si, par hasard, sans rien lui dire, Luce n'aurait pas osé... — Mais non ! se dit-elle tout à coup, c'est impossible... j'aurais vu... j'aurais deviné... elle se serait trahie... Ma tante une empoisonneuse ! Mais c'est une infamie de ma part, même d'y songer !... Assassiner mon mari pour me faire veuve plus tôt... Son idolâtrie pour moi n'a pu l'égarer à ce point... Risquer l'échafaud pour... Oh ! c'eût été de la démence, et Luce a toute sa raison... C'est Suzanne qui n'a plus la sienne, Suzanne qui est jalouse, qui me hait et qui a inventé cette terrible calomnie, ce crime infâme, pour m'intimider, pour se débarrasser de moi, pour me mettre à sa merci.

Pendant qu'elle songeait ainsi, la jeune fille ne la perdait pas de vue. Elle avait remarqué son trouble ;

10.

elle croyait l'avoir enfin confondue, et, voulant profiter de sa victoire, elle s'approcha d'elle et lui dit :

— Tu as peur, tu trembles, tu comprends que je n'ai qu'un mot à prononcer pour te perdre ; car, si mes paroles ne suffisent pas, les entrailles de la victime parleront.

Clémentine avait repris toute son assurance.

— Et pourquoi donc, demanda-t-elle, si telle est ta conviction, n'as-tu pas déjà parlé? Pourquoi donc et dans quel intérêt ménager une empoisonneuse?

— Pourquoi? parce qu'il me l'a défendu... Le châtiment que tu mérites, ce serait la honte pour ton fils, et j'ai juré de la lui épargner ; mais à une condition, c'est que tu n'entreprendrais rien contre cet enfant.

— Comment! entreprendre... contre Georges, contre mon fils?...

— Tu as bien tué son père !...

C'était trop d'outrages à la fois. Clémentine se redressa, et, jetant sur sa belle-sœur un regard méprisant :

— Il faut, dit-elle, que tu sois une bien infâme créature ! Sors d'ici, malheureuse, et ne reparais jamais devant moi.

— Soit ! je sortirai... et je me tairai, mais à la condition que Georges me sera remis et que je l'emmènerai.

— Jamais ! Il restera près de moi, et il y sera en sûreté... O ignominie ! supposer qu'une mère... C'est donc pour cela que tu affectais ces airs soupçonneux, ces vigilances exagérées ?... Et je n'ai pas deviné... mais qui aurait pu deviner !

— Ainsi tu ne veux pas me rendre Georges ? dit Suzanne.

— Non, sors d'ici.

— Tu me chasses, soit ! je sais ce qu'il me reste à faire.

Une vague terreur s'empara de Clémentine. Elle courut vers la jeune fille, et, l'arrêtant par le bras :

— Où vas-tu ?

— Qu'est-ce que cela te fait ?

— Tu vas me dénoncer, n'est-ce pas ?

— A la justice, non : ce serait la honte pour Georges, et j'ai juré de la lui épargner jusqu'à la dernière extrémité.

— Alors quoi ?

— Tu veux le savoir ?... Eh bien, je vais chercher un défenseur pour cet enfant, dont tu veux me séparer.

— Et ce défenseur ?

— C'est M. de Charens, à qui je vais apprendre ton crime.

— M. de Charens ! balbutia Clémentine.

Elle resta un moment atterrée ; mais, tout à coup, relevant la tête, elle regarda fixement Suzanne, et, avec un rire sinistre :

— Eh bien, va ! et conte-lui cela, je te le conseille !

— Oui, puisque tu m'y forces...

— Mais va donc ! s'écria Clémentine ; tu n'es pas encore partie ?

Elle la poussa dehors, referma violemment la porte sur elle, et se jeta en sanglotant sur une causeuse.

XIX

Elle n'y resta pas longtemps.

Le sentiment du danger qui la menaçait lui revint aussitôt, et, inquiète de ce qu'allait faire sa belle-sœur, elle courut à la fenêtre qui donnait sur les bureaux, et, cachée derrière un rideau, regarda.

Dix minutes se passèrent sans que personne parût. Alors, elle comprit que Suzanne, tout aussi troublée qu'elle par la scène qui venait de se passer, s'était retirée dans sa chambre et réfléchissait, hésitait, avant d'agir.

Cette preuve des incertitudes et de la faiblesse de son ennemie la ranima ; elle appela sa femme de chambre.

— Où est Georges ? demanda-t-elle.

— Il est sorti avec sa bonne.

— C'est bien ; quand il rentrera, vous aurez soin qu'on me l'amène. A l'avenir, il couchera près de moi. Vous allez prendre son lit et ses effets dans la chambre de mademoiselle Suzanne, et vous les porterez dans la mienne.

La femme de chambre, en entrant pour exécuter l'ordre de sa maîtresse, trouva Suzanne les yeux humides, affaissée et comme perdue dans son désespoir.

Mais cet abattement fut remplacé par un mouvement de vivacité et de révolte, quand la jeune fille apprit ce dont il était question.

— Comment ! m'enlever Georges ? Jamais ! Je m'y oppose... Sortez...

Sans doute Clémentine prévoyait cette résistance, car elle ne parut nullement surprise lorsque la femme de chambre vint la lui rapporter ; elle dit simplement :

— C'est bien ; j'y vais moi-même.

Elle entra chez Suzanne, qu'elle trouva frémissante, éplorée, referma la porte derrière elle, et, s'avançant, l'air sombre et menaçant :

— Ainsi je ne serai pas maîtresse chez moi ? Je n'aurai pas la libre disposition de mon enfant ?

Suzanne, effrayée, se mit à trembler.

— Quel mal y a-t-il à me le laisser ? dit-elle ; pourquoi me l'enlever ?

— Et à moi ?... ne suis-je pas sa mère ?... Ah ! misérable, tu oses me traiter comme tu viens de faire, m'accuser d'un crime, et tu crois ?... Mais te laisser mon enfant après ce qui s'est passé entre nous, ce serait reconnaître ton infâme accusation... Non ! Georges ne me quittera plus... je suis sa mère et je ne veux plus que tu le voies, que tu lui parles... je me défie, moi aussi !

Elle se retourna pour appeler la femme de chambre ; mais Suzanne, ranimée tout à coup, la retint.

— Prends garde, Clémentine ! dit-elle ; ne me pousse pas à bout.

— Te pousser à bout ? Je ne demande que cela. Va, cours, dénonce-moi... Pourquoi n'est-ce pas déjà fait ? Ah ! tu crois me faire trembler ? Je suis forte de mon innocence, entends-tu ? et je te brave.

Mais Suzanne ne put supporter cette nouvelle scène. Elle fut prise d'une attaque de nerfs et s'évanouit. Un quart d'heure après, quand elle se ranima, baignée d'une sueur froide, elle se vit seule, la porte de la chambre fermée, et, en jetant un regard autour d'elle, elle s'aperçut que le lit de l'enfant et tous ses effets avaient disparu !

Le matin encore, une pareille découverte l'eût fait bondir : anéantie par les émotions, elle ne put que pousser un sourd gémissement.

Que faire ? lutter ? Elle se sentait à bout d'énergie, impuissante... et puis, par quel moyen ? Il n'y en avait qu'un : dénoncer Clémentine ; mais c'était aller contre le vœu de Maudhuy expirant...

La pauvre fille se perdait dans ces réflexions et ne savait à quel parti s'arrêter, lorsque la porte de la chambre se rouvrit de nouveau, et Clémentine entra.

Elle se redressa comme en face d'une redoutable apparition, et, pâle, interdite, elle attendit. Clémentine s'avança vers elle d'un air calme et impassible.

—Après ce qui s'est passé entre nous, dit-elle, tu dois comprendre qu'il est impossible que nous continuions à vivre l'une près de l'autre, sous le même toit ; il faut nous séparer pour ne jamais nous revoir. Tu peux me dénoncer à la justice : tu m'en as déjà menacée, et je t'attends ! Tu peux, si tu le préfères, me calomnier auprès de M. de Charens... J'ai frémi un instant à l'idée d'être flétrie à ses yeux ; mais que m'importe ? il saura bien découvrir la vérité... Dis-lui les infamies que toi seule as imaginées ; non-seulement je ne m'y oppose pas,

mais je le désire ; il nous connaîtra ainsi l'une et l'autre.
Mais, quoi que tu fasses, sors d'ici pour n'y plus rentrer.

La pauvre Suzanne sentit toute sa résolution défaillir
devant cette indomptable énergie.

— O mon Dieu ! s'écria-t-elle en sanglotant, qu'ai-je
fait pour être traitée ainsi ?

— Ce que tu as fait ? Tu m'as outragée, meurtrie,
foulée aux pieds ! Il n'y a plus rien de possible entre
nous. Il ne faut pas que tu restes un jour de plus dans
cette maison.

Il n'y avait pas à lutter contre cette volonté furieuse.
Suzanne le comprit ; elle sentit que l'heure du sacrifice
était arrivée pour elle, et elle se soumit avec une résignation sublime.

— Eh bien, soit ! dit-elle, je m'éloignerai et tu ne
me reverras plus. Mais que veux-tu que je devienne,
seule ? Me priveras-tu de cette consolation, de cet
enfant ?...

Des sanglots l'interrompirent ; elle reprit au bout d'un
instant :

— Georges m'aime, tu le sais ; il me suivra avec plai-
sir. Tu viendras le voir quand bon te semblera... Mon
Dieu ! est-ce que je suis trop exigeante ? ne peux-tu pas
m'accorder cela ?

11

Clémentine garda longtemps le silence. Elle semblait réfléchir profondément. Enfin, elle se tourna vers Suzanne, et, d'une voix calme :

— Ainsi, dit-elle, tu désires garder Georges ? Quoiqu'il m'en coûte de le quitter, je te le laisserais encore pour quelque temps : vous vous retireriez quelque part, aux Ronchées, par exemple, et là, tu pourrais vivre avec lui à ta guise. Mais que penserait-on de cette retraite ? comment serait-elle interprétée par M. de Charens ? Je tiens avant tout à son estime. Tu as eu la pudeur de ne pas lui salir l'esprit de tes indignes soupçons, et je te sais presque gré de cette réserve; mais je ne veux pas que ton départ et celui de Georges soient pour lui l'occasion de suppositions injurieuses: il faut que votre absence à tous deux lui soit expliquée d'avance et par toi...

Ainsi, elle ne se contentait pas d'éloigner sa rivale ; elle voulait encore, par une adroite manœuvre, s'en faire un auxiliaire auprès de celui qu'elle aimait. Elle dicta ses conditions en conséquence : Suzanne reverrait Louis une dernière fois; elle lui exposerait sa ferme résolution de se confiner dans une retraite ignorée, seule avec Georges, qui désormais aurait toute son affection et ses soins; en même temps, elle lui enjoindrait de ne plus songer à elle et de ne tenter aucune démarche pour la revoir.

Suzanne eut un instnat de poignante hésitation ; mais elle se rappela son frère mourant et le serment qu'elle lui avait fait : elle baissa la tête et consentit.

XX

Une entrevue semblable à celle que Clémentine avait déjà surprise, fut ménagée pour le lendemain entre Suzanne et M. de Charens.

On se figure les angoisses de la jeune fille, quand elle se trouva, seule, en présence de celui qu'elle aimait et dont il lui fallait repousser l'amour. Elle se demandait anxieusement si elle aurait la force de soutenir ce rôle, si son émotion, ses larmes, ne la trahiraient pas.

Louis, de son côté, était résolu à obtenir d'elle qu'elle confirmât ses engagements d'autrefois, et qu'elle lui en promît la prochaine réalisation.

Dès les premiers mots qu'il lui dit à ce sujet, elle ne manqua pas, ainsi qu'il s'y attendait, d'objecter la mort encore toute récente de son frère. Cependant, plus de

cinq mois s'étaient écoulés. Il lui en fit doucement la re-
marque.

— Ah! qu'importe? dit-elle; il me semble toujours
que c'est d'hier; il m'est impossible d'oublier.

— Moi non plus, je n'oublie pas, dit-il. Vous savez si
j'aimais Maudhuy... Ma douleur n'a pas été moins vive
que la vôtre. Mais nos regrets ne doivent-ils pas un peu
s'amortir avec le temps? Serons-nous coupables envers
sa mémoire, parce que nous aurons ranimé un amour que
lui-même approuvait, encourageait? Ah! s'il avait pu
prévoir un pareil sacrifice, il eût été le premier à le condamner.

— A le condamner?... En êtes-vous sûr? demanda-t-
elle.

— Comment! n'est-ce pas lui qui nous a fiancés? lui
qui, la veille même de sa mort, au milieu de ses souffrances, ne se préoccupait que d'une chose, de hâter
notre mariage?...

— Oui, mais ne voyez-vous pas que la situation est
changée, que cette mort nous impose de nouveaux devoirs... à moi, du moins?

— A vous?... Et quels devoirs?

— Celui d'élever et d'aimer ce pauvre enfant qu'il
adorait, et qu'il a laissé sans appui.

— Georges? Mais il a sa mère.

— Oh! sans doute... Mais est-ce trop pour lui de mon affection et de mes soins? Oh! non, je ne l'abandonnerai jamais, je l'ai juré à son père mourant.

— Je ne vous demande pas de l'abandonner. Moi aussi, je l'aime, ce cher petit Georges, pour sa gentillesse, et puis en souvenir de son père à qui je dois tant: nous ne le perdrons pas de vue pour cela; vous pourrez continuer à l'aimer, à vous occuper de lui, à lui servir de mère.

— Oh! ce ne sera plus la même chose. Et, s'il prenait fantaisie à Clémentine de nous quitter, de l'emmener loin de moi, loin de nous?... Elle en a le droit.

Elle se retrancha si fermement dans cette objection, que Louis, qui ne comprenait pas l'urgence d'un dévouement aussi étroit et aussi absolu, ne vit bientôt plus là qu'un prétexte dont on se servait pour repousser son amour.

Il s'était levé, et il l'écoutait silencieusement, en se promenant dans le salon, la tête basse, agité, sombre. Quand elle eut fini de parler, il s'arrêta devant elle, et, avec un accent doux et triste qui la remua jusqu'au fond du cœur :

— Voyons, Suzanne, dit-il, soyez franche; cela n'est pas sérieux.

— Comment! pas sérieux ; je ne vous comprends pas, fit-elle.

— Que vous aimiez cet enfant et que vous soyez prête à vous dévouer pour lui, je l'admets parfaitement ; mais cela suffirait-il pour vous faire rejeter mon amour, pour briser nos projets d'avenir, si votre cœur n'était pas changé, si vous m'aimiez comme autrefois ? Je vous en prie, laissez les ménagements et les détours ; parlez-moi franchement, dites-moi la vérité : si pénible qu'elle soit, je m'armerai de courage et tâcherai de la supporter...

Elle réfléchit un instant, se demandant si elle ne devait pas lui laisser cette triste conviction ; mais elle eut peur de lui faire trop de mal, et, comme déjà il interprétait défavorablement son silence :

— Oh! non, s'écria-t-elle, ne me jugez pas ainsi. Mes sentiments pour vous n'ont pas varié, je vous l'affirme ; je voudrais de tout mon cœur pouvoir tenir les promesses que je vous ai faites, mais c'est impossible : il est d'autres devoirs plus impérieux auxquels il faut que je me sacrifie.

Elle revint encore une fois sur ce serment qu'elle avait fait à son frère, et qui la liait pour la vie :

— Plût à Dieu, s'écria-t-elle avec exaltation, que je fusse assurée de le bien tenir, que rien ne pût venir m'en distraire! Je voudrais être seule, dans quelque coin ignoré, avec ce cher petit que j'ai juré d'aimer, de protéger.

Il l'écoutait, le regard fixé sur elle, étonné de la sincérité de son accent, de la tranquillité de son visage.

— Ainsi, dit-il, voilà l'avenir que vous rêvez?

— Il n'y en a plus d'autre pour moi, fit-elle avec résignation.

— A vingt ans, vous vous relégueriez pour toujours, seule avec cet enfant, loin du monde, loin des vôtres, loin de moi que vous dites aimer?

— Oh! je garderai éternellement votre souvenir!...

— Après avoir repoussé mon amour!... Eh bien non! tout cela est incompréhensible... Il y a là-dessous un mystère que je découvrirai...

— Quel mystère voulez-vous?...

— Eh! que sais-je? On n'a pas, à votre âge, de ces idées de retraite et de solitude sans de tristes motifs, sans de profonds chagrins... Suzanne, vous souffrez, vous êtes malheureuse!...

— Moi! fit-elle en tressaillant; qui vous fait supposer?...

— Ne me cachez rien, je vous en supplie... Oh! je tremble de deviner... C'est votre belle-sœur, n'est-ce pas, qui vous hait, qui vous persécute?...

— Mais non, je n'ai pas à me plaindre, je vous l'affirme...

— Si!... Déjà l'autre jour vous m'avez laissé entendre qu'elle n'était pas pour vous ce qu'elle devait être... Oh! si j'étais sûr que cela vînt d'elle! dit-il d'un air sombre et irrité.

Elle se hâta de protester de ses bons rapports avec Clémentine : sans doute elles n'étaient pas toujours d'accord, mais leurs querelles étaient insignifiantes et n'avaient jamais de suite.

— Eh bien, alors, s'écria-t-il, que voulez-vous que je suppose? C'est donc moi que vous haïssez, que vous voulez fuir? Suzanne, que vous ai-je fait, qu'avez-vous à me reprocher?

— Oh! rien, dit-elle, tout émue de cet accent plaintif; vous êtes bon, vous m'aimez, je le sais...

— Et, cependant, vous me repoussez! Que s'est-il passé depuis le jour où vous avez accueilli, encouragé mon amour? en quoi ai-je démérité à vos yeux? Ne suis-je pas toujours prêt à tous les dévouements, à tous les sacrifices pour vous?... Mais vous vous taisez, vous détournez la tête... Ah! mon malheur n'est que trop certain. Ainsi, cette existence où devaient se confondre nos destinées, que vous acceptiez avec joie, vous la rejetez

11.

maintenant! Mais alors, que voulez-vous que je devienne? Par pitié, en souvenir de votre frère, Suzanne, ne me réduisez pas au désespoir; laissez-moi croire que tout n'est pas perdu pour moi. Mais vous êtes émue, vous pleurez!...

Elle était à bout de forces, et des larmes brûlantes avaient jailli de ses yeux. Il se jeta à ses genoux, lui prit les mains, et il continuait ses ardentes supplications, lorsqu'une voix d'enfant se fit entendre.

— Georges! s'écria Suzanne, brusquement rappelée à elle-même.

Elle se leva, et courut vers la porte du salon que l'enfant venait d'ouvrir. Elle le saisit dans ses bras et le couvrit de baisers et de larmes.

— Pourquoi donc pleures-tu, tante Suzanne? demanda-t-il, presque effrayé de cette vive étreinte.

— C'est de joie, mon cher ange, c'est parce que je t'aime! — Vous me demandiez des raisons, dit-elle en se tournant vers Louis; en faut-il d'autres que celle-là?

Il ne répondit que par un vague et triste sourire.

Clémentine, qui venait de rentrer avec son fils, ne tarda pas à le rejoindre. D'un coup d'œil elle embrassa la scène, et comprit, à l'attitude compassée de Louis, que Suzanne avait tenu parole...

Celle-ci, du reste, eut soin de le lui rappeler, lorsque, dix minutes plus tard, elles se trouvèrent seules ensemble.

— Vous devez être satisfaite, lui dit-elle. Maintenant, puis-je partir et emmener Georges ?

— Oui, fit Clémentine.

Le lendemain, de grand matin, Suzanne sortait presque furtivement de la maison avec Georges, et se faisait conduire à la gare du chemin de fer de Lyon.

XXI

Clémentine, en voyant la voiture s'éloigner, eut un tressaillement de joie et de triomphe.

Ainsi, elle était parvenue à se débarrasser de sa rivale, à l'écarter pour toujours ! Et maintenant elle restait seule en présence de Louis, libre comme avant son mariage, dans tout l'éclat de sa beauté !

Pleine de confiance, elle se mit à observer et attendit.

Toute la matinée se passa sans que Louis parût soupçonner le départ de Suzanne ; mais, dans l'après-midi, il l'apprit sans doute, car elle le vit traverser la cour, l'air sombre et agité ; un instant après, il demandait à lui parler.

Elle pressentit une scène de récriminations, et se disposa à la soutenir résolûment.

— Ainsi, c'est vrai, commença-t-il, ce qu'on vient de me dire? Mlle Suzanne est partie, ce matin, seule avec Georges ?

— Parfaitement vrai; vous m'en voyez encore tout affligée...

— Oh ! affligée...

— Faites-moi l'amabilité, monsieur de Charens, de croire que je n'ai pas vu sans chagrin mon fils s'éloigner de moi.

— Il me semble pourtant que vous aviez le droit de le retenir.

— En effet ; mais Suzanne l'aime : elle tenait absolument à l'emmener avec elle, à le garder ; j'ai fini par consentir.

— Et cette absence doit durer longtemps ?

— Je n'en sais rien.

— Vous savez, du moins, où Mlle Maudhuy s'est retirée?

— Bien entendu. Ma complaisance pour elle ne va pas jusqu'à vouloir me priver de la vue de mon fils.

— Pouvez-vous m'indiquer sa nouvelle demeure ?

— J'ai promis de ne la révéler à personne.

— Pas même à moi ?

— A vous surtout.

— Ah!... Eh bien ! voulez-vous, madame, que je vous dise nettement ce que je pense de cette affaire?

— Dites.

— Suzanne n'est pas sortie volontairement de cette maison : elle en a été chassée par vous.

— Vraiment! Et, en même temps, j'aurais chassé mon fils?

— Eh ! sais-je exactement ce qui s'est passé entre vous ?... quelle pression vous avez exercée sur elle ?... Mais je ne tarderai pas à le savoir.

— C'est très-bien, fit Clémentine en se levant. Gardez la belle opinion que vous avez de moi ; car vous ne comptez pas, j'imagine, que je m'abaisse à me justifier.

Elle salua froidement et s'éloigna.

Louis courut à Villeneuve, comptant y trouver Suzanne ; mais le jardinier qui gardait la villa ne sut pas même ce qu'il voulait lui dire.

Il revint à Paris, inquiet et le cœur serré... Pendant un mois, il se livra à d'actives recherches, prit les informations les plus minutieuses, mais sans aucun résultat. De guerre lasse, il dut revenir à Clémentine.

Elle avait observé toutes ses démarches, et attendait anxieusement son retour. Cependant elle le reçut avec un sourire calme et ingénu. La liquidation, qui s'achevait alors dans l'étude du notaire, était, comme d'habitude, le prétexte de cette visite. Elle écouta complaisamment les explications qu'il lui donna, approuva tout, et, quand il eut fini, le voyant soucieux et embarrassé :

— Vous avez autre chose à me communiquer ? demanda-t-elle.

— Non, rien ; seulement j'hésitais à vous adresser une question.

— Vous hésitiez ?

— Oui, car déjà vous avez refusé d'y répondre.

— Qu'est-ce donc ?

— Vous le savez bien. Je vous ai demandé pourquoi Suzanne était partie d'ici, où elle s'était réfugiée ; mais la façon dont je vous ai interrogée n'était pas engageante : j'ai été un peu vif, un peu brusque, j'en conviens...

— Ah ! ne croyez pas que j'aie été froissée, fit-elle en l'interrompant ; non, je conçois très-bien votre emportement, vos soupçons, et je les excuse. Du reste, c'est ma faute.

— Votre faute ?

— Sans doute. Il est bien évident qu'il y a un malentendu entre nous. J'aurais peut-être dû.le faire cesser plus tôt ; mais il y a des choses embarrassantes à dire...

et puis, je pensais toujours que vous finiriez par remarquer vous-même...

Elle parut hésiter.

— Remarquer... quoi donc? demanda-t-il, tout intrigué de ce manége.

Elle se mit à rire d'un air de franche gaieté, et, se plaçant devant lui :

— Voyons! monsieur de Charens, regardez-moi bien... Est-ce que vous ne trouvez pas quelque chose de changé en moi?

— Je ne vois pas.

— Quoi ! rien du tout ?

— Non... Mais, que signifie?...

Elle se reprit à rire de plus belle.

— Vous êtes un grand enfant. Allons ! venez vous asseoir ici, près de moi, dit-elle en l'attirant vers un canapé, et causons ensemble à cœur ouvert, comme deux bons amis... Oh ! quant à votre amitié, j'y tiens plus que jamais, et, Dieu merci! nous n'avons plus aucun sujet de querelle.

Il la regardait avec étonnement. Elle reprit, d'un air enjoué :

— Ce n'était pas très-galant, savez-vous? cette supposition que j'aurais maltraité Suzanne, que je l'aurais contrainte à partir d'ici, — elle, ma belle-sœur, mon ancienne camarade de pension, alors que je dois ma fortune à son frère qui l'adorait!.. Et pourtant, il faut bien l'avouer, il y a un an, j'aurais été capable de cela, et même de pis. Cette pauvre Suzanne! l'ai-je assez maudite pour avoir eu l'audace de vous aimer, de se faire aimer de vous! Que n'aurais-je pas donné alors!... Mais laissons ces folles idées qui m'ont passé par la tête; j'en rougis maintenant, quand j'y songe. Cependant, que s'est-il passé? Rien. Le temps a marché, voilà tout : les sentiments se modifient ; le point de vue change; et, au bout de quelques mois, on est tout surpris de ne plus éprouver qu'une sorte de compassion pour des choses qui autrefois vous auraient bouleversé.

Il n'y avait rien à reprendre à cet aphorisme. Clémentine continua :

— C'est comme cette scène qui s'est passée ici-même, dans ce salon... Vous en souvenez-vous? Dans quel état d'exaltation j'étais ! Je venais d'apprendre l'indigne tromperie qui nous avait séparés : je ne respirais que colère, vengeance... Ah ! c'est égal, ajouta-t-elle avec un soupir, je vous ai bien aimé !

Il fut ému lui-même à ce souvenir.

— Et maintenant ? demanda-t-il.

— Maintenant, mon ami, vous pouvez aimer Suzanne, l'épouser, sans que j'éprouve la moindre jalousie. Aussi, le ton farouche que vous avez pris l'autre
jour avec moi, m'a paru bien extraordinaire ; j'en ai
été froissée d'abord, puis j'ai souri, en songeant que
vous vous croyiez encore dans un temps bien différent
de celui-ci, et qui, selon toute apparence, ne reviendra plus.

— S'il en est ainsi, dit-il, pourquoi ce mystère à
propos de Suzanne ?

— C'est elle qui l'a voulu, vous le savez bien.

— C'est inexplicable.

— Mon Dieu, non. Il y a peut-être là tout simplement
une coquetterie à votre adresse.

— Oh ! non, ce n'est pas cela, j'en suis sûr.

— Alors, quoi ?... Il faudrait donc supposer que c'est
un motif tout opposé... que, pressée de tenir sa promesse envers vous, Suzanne hésite, élude... qu'elle ne
vous aime plus, enfin... Hélas ! mon cher, il faut bien
l'avouer, tout est possible en amour... Qui m'eût dit,
il y a un an, que je causerais, un jour, bien tranquillement avec vous, en tête à tête, comme nous voilà ?
Un mot suffit pour expliquer ce changement : nous
sommes libres !... Supprimez les obstacles, enlevez à

l'amour son cortége de soupçons, de trahisons, de res-
sentiments, il s'évanouit aussitôt. C'est peut-être le cas
de Suzanne; elle n'a plus de rivale à désespérer, et
alors...

Ces propos irritaient sourdement Louis : si vraiment
Suzanne avait cessé de l'aimer, pourquoi ces protestations qu'elle lui avait faites, la veille même de son
départ ? C'était donc un jeu, une dérision ! Il eût voulu
la revoir pour l'accabler de reproches...

Mais ces emportements ne tardèrent pas à se modérer. Bientôt il songea moins à Suzanne : il ne parlait
d'elle que rarement, et semblait se résigner à son rôle
d'amant rebuté. En revanche, il devenait chaque jour
plus assidu auprès de Clémentine, comme si cette *déclaration d'amitié* qu'elle lui avait faite eût eu le privilége de dissiper ses préventions et ses rancunes.

En effet, qu'avait-il à craindre d'elle désormais, et
comment ne pas oublier des torts qu'elle n'avait eus que
dans un état de surexcitation et de souffrance, et sous
le coup d'un amour maintenant disparu ? Il ne songeait
donc plus à voir en elle que ce qu'elle paraissait en effet : une bonne et franche camarade, et, ce qui ne gâte
rien, même en amitié, une femme adorablement belle.

XXII

Plusieurs semaines s'écoulèrent encore. Clémentine avait, depuis longtemps, pris le demi-deuil. Un jour, elle obtint que M. de Charens la conduisît à l'Opéra, dans une loge grillée.

La soirée fut précédée d'un dîner en tête à tête, *dîner de garçons*, disait Clémentine en riant. Elle se montra pleine de gaieté et d'entrain ; lui, un peu réservé d'abord, ne tarda pas à lui donner la réplique.

— Ne suis-je pas trop mal fagotée ainsi ? demanda-t-elle, au moment de partir, en jetant un coup d'œil sur la glace.

— Vous êtes charmante.

— Flatteur ! Eh bien ! descendons. Donnez-moi le bras.

Il eut un léger frisson en s'asseyant à côté d'elle sur

la banquette du coupé, et en sentant le frôlement de sa robe. Arrivé au théâtre, une émotion plus profonde s'empara de lui, quand la porte de la loge se fut refermée sur eux, et qu'il se vit, seul avec elle, dans cet étroit espace où venaient expirer les lumières et les vagues rumeurs de la salle.

Elle le fit placer à ses côtés, sur le devant de la loge, et parut donner toute son attention à l'ouverture, qui commençait. Louis la regardait en silence : il admirait les tons chauds de la lumière tamisée sur sa peau, et ce profil qui ressortait si pur sur le fond obscur de la loge ; en même temps, ils étaient si rapprochés, que leurs haleines se mêlaient, et qu'un doux et subtil parfum le pénétrait : jamais elle ne lui avait paru si belle ; il était comme enivré.

— Ah ! vous aussi, vous comprenez la musique, dit-elle en se tournant brusquement, à la fin du premier acte, et en le surprenant dans une sorte d'extase.

— Oui, murmura-t-il, j'admire tout ce qui est beau.

Cet enthousiasme musical ne se démentit pas pendant les actes suivants. Un moment même, Clémentine, rencontrant la main de Louis, la pressa vivement, comme pour dire : « Est-ce que ce n'est pas délicieux ! » Il répondit à cette pression, et garda dans la sienne cette main délicate, dont il sentait l'agitation et la tiédeur à travers le gant.

Rentrés rue d'Enghien, il la reconduisit jusqu'à son appartement.

— C'est ici qu'il faut nous séparer, dit-elle. Il est tard et, dame ! cette fois, la médisance aurait beau jeu. Voici mon front ; souhaitez-moi le bonsoir, monsieur mon ami.

Qu'est-ce que tout cela signifiait ? Était-elle naturelle et vraie ? Ou bien, se livrait-elle à une coquetterie raffinée ? Voulait-elle réveiller sa passion assoupie ; puis, quand il tomberait à ses genoux, se moquer de lui ? Il ne savait que penser ; mais, tout frémissant encore des émotions de cette soirée, il comprit que c'était un jeu dangereux, et il se promit de cesser de la voir, au moins pendant quelques jours.

Le lendemain, il avait oublié sa promesse, et se présentait chez Clémentine. Elle le reçut aussi affectueusement que la veille, et se mit à parler de choses indifférentes, — de la saison, qui était déjà avancée, — de la campagne, qui devait être magnifique..... Pourquoi, au fait, n'irait-elle pas se reposer quelque temps à Villeneuve ? Elle y avait songé ; mais elle craignait de revoir seule cette maison toute remplie de tristes souvenirs.

— Venez au moins passer une journée avec moi, dit-elle ; vous m'aiderez à surmonter la première impression.

Quelques jours après, ils arrivaient ensemble à Villeneuve.

Le jardin et le petit parc étaient charmants ; mais cette maison inhabitée, avec ses portes et ses contrevents clos, avait un aspect morne et glacial. Tous deux en furent frappés, Louis surtout, à qui revint en même temps le souvenir de Maudhuy et de Suzanne. Il suivait les allées du jardin, la tête basse, sans mot dire. Clémentine, qui devinait ses pensées, n'essaya pas de l'en distraire ; elle jugea plus habile de s'y conformer.

— C'est ici qu'il venait s'asseoir, soupira-t-elle en indiquant la charmille sous laquelle on installait autrefois le fauteuil de Maudhuy.

Et elle ajouta quelques mots sur la bonté inaltérable du défunt, sur ses longues souffrances... Il lui prit la main, et la remercia de si bien traduire ses sentiments.

— Et c'est ici, continua-t-elle un instant après, en entrant dans le salon, c'est dans cette pièce qu'il a dicté, quelques heures avant sa mort, les conditions de votre mariage, croyant assurer votre bonheur et celui de Suzanne

A ce souvenir, il fronça le sourcil et fit un geste d'impatience; et, comme elle s'étonnait, il laissa échapper quelques propos amers et dédaigneux contre Suzanne.

— Vous avez tort, mon ami, lui dit-elle; Suzanne est plus sincère et meilleure que vous ne pensez. J'ai réfléchi à sa conduite, et je me l'explique maintenant.

Suivant elle, mademoiselle Maudhuy n'avait aimé véritablement que son frère : c'était par affection, par dévouement pour lui qu'elle s'était laissé fiancer à de Charens... Sa mort l'avait atterrée; alors, tout son attachement s'était reporté sur son neveu, dont elle ne voulait plus se séparer...

Il l'interrompit :

— Eh! mon Dieu, qu'importe? Laissons cela, je vous prie.

Pour faire diversion, il voulut aider à déballer plusieurs caisses expédiées de Paris, et que le jardinier venait d'amener du chemin de fer.

— C'est toute une installation, fit-il.

— Pas tout à fait; mais j'ai dû me munir de quelques moyens de distraction, des livres, de la musique...

— Vous comptez rester longtemps ici?

— Cela dépendra..... si je ne m'ennuie pas trop..... Qu'avez-vous donc?

Il souriait ironiquement.

— Je songe, dit-il, à cette grande amitié que nous nous sommes jurée... et votre premier soin est de vous éloigner de moi sans motif...

— Oh! quelle idée! Est-il possible que vous interprétiez ainsi une fantaisie?

Le désœuvrement, la belle saison, cette villa inoccupée, l'avaient déterminée. Seraient-ils donc si éloignés l'un de l'autre? Ne viendrait-il pas la voir quand bon lui semblerait? Du reste, pour peu que cela le contrariât, elle était prête à retourner à Paris...

— Non, non! dit-il... oubliez ce que j'ai dit : j'ai tort.

Il s'excusa sur un malaise nerveux dont il souffrait depuis quelques jours; et, faisant un effort sur lui-même, il redevint ce qu'il était habituellement : bon, empressé, plein d'attentions.

La journée se passa dans ces menus soins de rangement, en promenades dans le parc, en causeries familières... Au moment de partir, il s'attendrit sur cette solitude où il la laissait.

— Est-ce donc là, s'écria-t-il, l'existence qui vous attendait... que nous avions rêvée ensemble!

Son regard était animé, sa voix émue. Il suffisait d'un mot pour qu'il tombât à ses genoux; mais, ce mot,

12

elle ne voulait pas le prononcer encore. Elle prit un petit air prude, et lui reprocha cette réminiscence comme contraire à leurs conventions, mais doucement toutefois, et de façon à lui laisser espérer qu'elle ne serait pas toujours inflexible.

Il revint le lendemain, les jours suivants. Il se montrait chaque jour plus épris, plus ardent à évoquer le passé pour essayer d'y rattacher le présent; elle, de son côté, s'adoucissait par degrés, souriait avec indulgence à ces élans d'une passion mal contenue : il y avait entre eux des silences éloquents, pleins pour elle de délicieux périls; parfois leurs regards, en se rencontrant, devenaient humides, leurs mains se pressaient avec une ferveur plus qu'amicale : bref, ils s'acheminaient peu à peu vers l'instant prévu où elle confesserait qu'elle s'était méprise, et que cette récente amitié n'était, sans qu'elle s'en doutât, qu'une continuation de leur ancien amour.

Mais, le jour même qu'elle avait réservé pour cet aveu, elle le vit arriver avec un visage maussade et ennuyé. Elle lui demanda ce qu'il avait.

— Je suis obligé, dit-il, de vous quitter pour quelques jours.

— Vous partez en voyage?

— Oui ; une lettre pressante qui m'appelle à Clamecy pour affaires.

Elle tressaillit. Clamecy était à quelques lieues des Ronchées, où était reléguée Suzanne. Connaissait-il cette retraite ? la soupçonnait-il seulement ? Qu'adviendrait-il s'il revoyait Suzanne ?... Toutes ces questions l'assaillirent à la fois ; mais, quoique dévorée d'angoisse, elle sut rester calme en apparence.

Elle le fit s'expliquer sur ce voyage, et bientôt elle acquit la conviction qu'il n'avait aucune arrière-pensée, qu'il s'agissait bien uniquement d'affaires. Mais le danger résultant de ce voisinage subsistait toujours ; il fallait qu'elle fût là pour le conjurer au besoin.

Elle détourna un instant l'entretien ; puis, tout à coup :

— Ah çà ! vous allez à Clamecy, c'est très-bien ; moi, aucune affaire ne m'y appelle, mais j'ai là des affections, mon père, ma vieille tante...

— Est-ce que vous consentiriez à m'accompagner ? demanda-t-il joyeusement.

— Pourquoi pas ? Je m'étonne que vous ne me l'ayez pas proposé.

— Je n'osais pas.

— Vous êtes trop timide ; moi, je serai plus hardie,

et je vous demanderai de vouloir bien m'emmener avec vous.

Il fut convenu qu'il retournerait le soir à Paris, pour en repartir le lendemain, et qu'il la prendrait en passant à Villeneuve.

XXIII

Cette ferme des Ronchées dont se préoccupait si vivement Clémentine, est située à quelques lieues en deçà
de Clamecy, au milieu du large plateau qui s'étend des
bords de l'Yonne aux bois de Mont-le-Duc. Elle est séparée du chemin de fer par la rivière et le canal du Ni-
vernais. Pour s'y rendre en voiture, de la station la plus
voisine, il faut remonter jusqu'à Coulanges, traverser la
vallée sur l'ancienne route, puis redescendre le long du
canal, et, à un kilomètre environ au delà de Lucy,
prendre à droite un chemin escarpé qui grimpe péniblement sur la côte.

Mais il existe pour les piétons un trajet plus direct
et plus accidenté, qu'il importe dès maintenant de dé-
crire.

12.

Au lieu de remonter vers Coulanges, on peut rétro-
grader dans la direction de Châtel-Censoir. Bientôt on
a dépassé Crain, puis la ferme de Misery, et on aperçoit,
à gauche, le clocher de Saint-Marien. Un chemin vicinal
qui part de ce dernier village, coupe la voie ferrée à ni-
veau, et se prolonge obliquement à travers la prairie;
en suivant ce chemin, on arrive, en quelques minutes, au
bord de l'Yonne, devant un petit port ombragé de grands
peupliers et encombré de bois de charpente : vingt pas
au-dessous, le grondement sourd et continu d'une
chute d'eau indique le pertuis de Saint-Marien ou des
Ronchées.

On sait en quoi consistent ces sortes de barrages,
établis de distance en distance pour faciliter la naviga-
tion durant les basses eaux. Deux énormes massifs de
maçonnerie, appelés *piles* ou *bajoyers*, sont appliqués,
face à face, à l'une et à l'autre berge, et ne laissent
entre eux que l'espace nécessaire pour le passage d'un
train de bois ou d'un bateau. Lorsque l'eau s'est écoulée
et qu'il s'agit de s'approvisionner pour l'*éclusée* sui-
vante, une grosse poutre montée sur pivot en tête de
l'une des piles, est ramenée transversalement au-dessus
du chenal et fixée à l'extrémité de la pile opposée :
c'est la *barre* du pertuis, qui forme ainsi un pont

étroit auquel est adaptée une grossière rampe en bois.

Le chenal est ensuite fermé au moyen de longues *aiguilles* de chêne, serrées les unes contre les autres, et appuyées, en bas au radier, en haut à la barre. En cas de crue extraordinaire, le trop-plein du bassin se déverse par-dessus les piles, qui sont, à cet effet, de cinquante centimètres moins élevées que le rez de la berge; parfois même, à la suite d'orages, on est obligé d'enlever quelques aiguilles du chenal. Ces débords intermittents interrompraient la circulation, si chaque pile n'était surmontée d'un rang de dés en pierre supportant de larges planches, au moyen desquelles on peut, de chaque côté, atteindre la barre.

L'espace, assez resserré en cet endroit, qui sépare la rivière du canal, est planté de peupliers et de trembles, entre lesquels serpente un sentier battu par le pied des *flotteurs*, et qui aboutit à une des écluses du canal. Une passerelle, adaptée latéralement aux portes en fer de cette écluse, permet de gagner la berge opposée; au delà du chemin de halage, le sentier se poursuit, raide et abrupt, jusque sur la côte, où il se relie au chemin des Ronchées.

On embrasse alors tout le plateau d'un coup d'œil, et l'aspect en est assez misérable. Le sol, maigre et pierreux, ne donne qu'une végétation chétive; la ronce et l'églantier y foisonnent : *aux Ronchées*, disent les paysans d'alentour, *le blé même a des piquants*. Çà et là, dans quelque repli moins ingrat, un carré de vigne produit un petit vin sûret; mais, le plus souvent, de grosses roches à fleur de terre rendent toute culture impossible, et le rare gazon de ces friches ne peut être tondu que par la dent des moutons. Dans le lointain, quelques bouquets de bois épars dans la plaine apparaissent comme des postes avancés de la forêt, dont la lisière borde l'horizon.

C'est au-dessous d'un de ces bouquets de bois, rattaché par Maudhuy à sa propriété à titre de parc, et au fond d'une étroite gorge, que se trouve la ferme, ou plutôt le hameau des Ronchées; car il y a là trois ou quatre habitations de cultivateurs groupées autour d'une petite source.

On se figure ces habitations dans leur rustique simplicité. Celle de Maudhuy n'était guère plus élégante que ses voisines; elle s'en distinguait seulement par les quelques essais d'appropriation qu'il avait autrefois commencés, et que d'autres soins étaient venus interrompre.

Il peut paraître extraordinaire qu'il eût songé à installer une maison de plaisance dans un pareil site; mais c'est aux Ronchées qu'il était né, qu'il avait été élevé, c'est de là qu'il était parti, un matin, avec sa toute jeune sœur, léger de bagage et d'espoir : tous souvenirs qui lui rendaient chers et attrayants ces parages insupportables à tout autre.

Sans doute un sentiment analogue avait fait choisir à Suzanne ce triste lieu d'exil. Elle s'était établie avec son neveu dans le modeste pied-à-terre contigu à la demeure des fermiers, et, par suite de cette proximité, la vie était forcément un peu commune entre eux; mais cela ne lui déplaisait pas, tant ces bonnes gens avaient pour elle d'égards et d'attentions. Ils l'avaient accueillie avec joie comme une enfant du pays; puis bientôt, ils s'étaient attristés de son air sombre et abattu. Incapables d'imaginer d'autres motifs de profonde affliction que des revers de fortune, ils supposaient que la prospérité de Maudhuy s'était éteinte avec lui, et que des affaires embarrassées, la gêne peut-être, contraignaient leur *demoiselle* à se réfugier ainsi auprès d'eux, aux Ronchées; ils la plaignaient du fond de leur cœur.

Dans les premiers temps, abîmée dans sa douleur, elle remarquait à peine cette déférence affectueuse. L'enivrement de la lutte passé, elle comprenait l'étendue

de son sacrifice, et ne se sentait plus le courage de l'accomplir.

Ainsi, cet amour qui lui emplissait le cœur, il fallait
qu'elle y renonçât au profit de sa rivale! Elle voyait la
joie de celle-ci, ses coquetteries, ses insinuations per-
fides; et Louis cédant peu à peu à ce manége, refou-
lant avec dédain son ancien amour!... A cette idée, tout
son être se révoltait; elle voulait retourner à Paris, lutter encore, triompher de cette misérable, l'écraser!.....
Mais le serment fait à son frère se dressait tout à coup
devant elle : — Où s'arrêterait la rage de Clémentine?
Que deviendrait cet enfant qu'elle avait juré de protéger?... Non, non, c'était impossible, il fallait subir sa
destinée!... Et cette exaltation fiévreuse, ces colères
tombaient tout d'un coup, et se résolvaient en un flot de
larmes suivi d'un morne abattement.

Peu à peu, les caresses de Georges et l'amère satisfaction du devoir rempli amortirent ces révoltes d'une
passion étouffée; puis la religion vint compléter cette
œuvre d'apaisement. Sa piété, simple et tiède jusqu'a-
lors, s'était enflammée au milieu de ces secousses.
Bientôt elle entrevit, dans une sorte d'extase, les joies
sublimes du renoncement et du sacrifice, et toute son
ambition fut de les mériter.

Dès ce moment, elle comprima impitoyablement ses regrets, et ce qui en renaissait malgré elle se fondit dans les pratiques d'une rigoureuse dévotion.

Le curé de Saint-Marien, d'où relevaient les Ronchées, dut à plusieurs reprises modérer cette ferveur. L'excellent vieillard, pour maintenir sa pénitente dans une voie de résignation chrétienne sans exagération, lui fit comprendre qu'elle n'était pas déshéritée de tout avenir, et lui montra, dans la tendresse et la reconnaissance de Georges, une compensation presque équivalente au bonheur qu'elle avait perdu.

Suzanne se laissa pour Georges persuader. Son amour redoubla, s'il était possible : ce fut une sorte d'adoration, que l'enfant, du reste, justifiait par sa beauté, sa gentillesse, son caractère doux et aimant.

Aussi, que de caresses et de soins ! quelle sollicitude infinie ! Elle se fit sa gouvernante et son institutrice : car l'intelligence de l'enfant se développait, et il importait de la cultiver. Ses progrès furent si rapides, que bientôt elle s'inquiéta en songeant au jour où elle ne lui suffirait plus, et où il faudrait qu'elle se séparât de lui. Mais le curé de Saint-Marien la rassura, en lui promettant de pousser aussi loin que possible les études du cher bambin ; déjà même il s'offrait à lui donner des leçons : elle accepta avec reconnaissance. Toutes les après-midi, à moins qu'il ne fît trop mauvais, elle partait avec lui des Ronchées et le conduisait au presbytère de Saint-Marien, où ils passaient une partie de la soirée.

Ainsi s'écoulaient les jours... et Suzanne, soutenue par cette affection maternelle, par le souvenir de son frère, par le témoignage de sa conscience et les secours d'une religion intelligente, ne demandait plus au monde qu'elle avait quitté — que l'oubli.

XXIV

Mais Clémentine ne l'oubliait pas.

Le soupçon qui s'était emparé d'elle à l'annonce du voyage de Louis de Charens, et qui l'avait poussée à l'accompagner, persistait. Durant le trajet, seule avec lui, elle l'observa secrètement, mais sans pouvoir surprendre sur son visage aucune préoccupation : il était naturel, gai, enjoué. Néanmoins, elle redoubla d'attention, quand ils eurent dépassé la gare de Châtel-Censoir.

— Nous voici bientôt arrivés, dit-elle.

— Déjà ? fit-il.

Elle le remercia par un sourire; puis elle ajouta:

— Les Ronchées ne sont pas loin d'ici.

— Ah ! où donc ?

13

— Là-bas, derrière ces arbres ; nous venons de dé-
passer le chemin qui y conduit...

Cela ne parut pas l'intéresser beaucoup. Il se mit à
parler d'autre chose, et elle se rassura complètement.

Un quart d'heure après, ils descendaient à la gare de
Clamecy, et se dirigeaient ensemble vers le faubourg de
Beuvron.

Luce, en les apercevant, tressaillit de surprise et de
joie. Malgré la présence de Louis, elle sauta au cou de
sa nièce, qu'elle étreignit passionnément ; puis ce furent
des questions : — « Comment cela se faisait-il ? pourquoi
ne l'avait-on pas prévenue ? » Clémentine expliqua qu'elle
avait profité d'un voyage de M. de Charens pour affaires,
et qu'elle repartirait avec lui, c'est-à-dire dans deux ou
trois jours.

— Tu crains donc bien de rester auprès de moi ?
dit la vieille fille ; n'importe, tu me rends bien heureuse !

Elle offrit l'hospitalité à Louis, dont la maison devait
être fort mal tenue par le vieux domestique, presque in-
firme, de sa mère ; mais il refusa sous divers prétextes :
tout ce qu'elle put obtenir fut qu'il viendrait dîner le
soir avec eux.

Dès qu'il fut sorti, elle prit sa nièce par les deux

mains et, la regardant bien en face, avec des yeux brillants de joie :

— C'est donc vrai ? demanda-t-elle.

— Quoi ? qu'est-ce qui est vrai ?

— Que vous êtes réconciliés ? qu'il t'aime ?

Clémentine eut un vague sourire qu'on pouvait prendre pour une affirmation.

— Ah ! je le savais bien ! je te l'avais prédit ! s'écria triomphalement Luce... Viens ! et conte-moi cela dans le plus grand détail.

Elle l'entraîna dans la salle à manger, l'assit près d'elle, et se mit à la presser de questions.

Elle ignorait à peu près tout ce qui s'était passé depuis son départ de Paris. Clémentine, dans ses lettres assez rares, avait évité le plus possible de lui en parler — un peu par pudeur — et aussi par crainte que la vieille fille ne vînt encore, par quelque immixtion aussi maladroite que bien intentionnée, contrarier ses projets. Ici encore, elle garda une certaine réserve ; cependant, elle dut raconter sa lutte avec Suzanne.

La vieille fille était indignée.

— Croirais-tu, ajouta Clémentine, que, dans sa fureur, elle a osé m'accuser d'avoir empoisonné mon mari ?

A ces mots, la colère de Luce se changea en stupé-
faction.

— Comment !... balbutia-t-elle, elle a osé...

— Oui, et elle m'a menacée de me dénoncer à la
justice.

— Mais ce n'est pas vrai !... tu es innocente !

— Tu le sais mieux que personne, puisque tu étais
avec moi.

— Certainement... Mais, pour accuser, il faut des
preuves...

— Elle disait qu'on en trouverait.

— Où ça ? C'est impossible, il n'y en a pas ! Et, sous
le coup d'une pareille menace, tu ne m'as pas avertie ?

— A quoi bon ?

— Mais je serais accourue, j'aurais pris tout sur moi.

— Puisqu'il n'y a rien !

— C'est vrai... je ne sais plus ce que je dis... O la misérable !... Mais enfin, elle alléguait quelque chose, des
indices ?

— Est-ce que je sais ! ses pressentiments, à elle,
quelques mots prononcés par son frère en mourant... Et
puis, la haine a-t-elle besoin de prétextes ?... Tu penses
qu'à partir de ce moment, je ne l'ai plus ménagée.

Clémentine raconta la fin de sa lutte avec Suzanne.

La vieille fille, sombre et absorbée, ne l'écoutait que distraitement. Mais, en apprenant que Suzanne était reléguée aux Ronchées, elle releva la tête, et un éclair brilla dans ses yeux.

— Comment ! s'écria-t-elle, aux Ronchées, à deux pas d'ici... et tu ne m'as pas informée ?

— A quoi cela aurait-il servi ?

— Mais je l'aurais surveillée : elle n'aurait pu faire un pas, une démarche... Oh ! elle aurait eu affaire à moi !

— C'est justement ce que je ne voulais pas. Elle est là, qu'elle y reste... et je te prie de la laisser en repos. Tu ne t'es déjà que trop mêlée de mes affaires !...

Luce courba la tête sous ce reproche.

— Oui, tu as raison, dit-elle : j'aurais tout gâté par mes violences... Mais enfin, la voilà partie, tu restes seule avec M. de Charens... Et alors ?

Il répugnait à Clémentine de parler de ses manéges et de ses coquetteries, de ses alternatives de crainte et d'espoir. Elle dit simplement que Louis s'était rapproché d'elle peu à peu, et qu'il semblait aujourd'hui être revenu à son ancien amour. Il n'en fallait pas davantage pour convaincre Luce.

— Oui ! il t'aime, s'écria-t-elle ; je l'ai bien vu tout

à l'heure à son air, à ses façons... Chère Nini, que je t'embrasse !...

Elle quitta sa nièce pour s'occuper du dîner, où elle voulait déployer tout son soin, tout son talent...

Baumet, informé par hasard de l'arrivée de sa fille, rentra de meilleure heure que d'habitude, en même temps que Louis, qu'il venait de rencontrer dans la rue du Faubourg. Sa grosse gaieté anima le repas. D'un air moitié sérieux, moitié plaisant, il fit observer que ces voyages en tête à tête compromettaient quelque peu sa fille, et il somma presque Louis d'avoir à réparer ses imprudences.

— Qu'à cela ne tienne ! répondit celui-ci en souriant.

Clémentine, un peu gênée par les épaisses facéties de son père, les atténua de son mieux. Mais elle ne put empêcher qu'il ne bût immodérément ; aussi, à la fin du dîner, ses yeux clignotèrent, sa tête s'alourdit, et il fut obligé de se retirer sous prétexte qu'il aurait, le lendemain, à vaquer de bonne heure à ses affaires.

— Il est vrai qu'il fait un peu lourd ce soir, dit Luce, pour excuser son frère ; si nous descendions au jardin ?

La nuit était venue : à la chaleur accablante du jour succédait une brise tiède et douce. Tous trois s'assirent sur un banc, — Luce jasant à tort et à travers, — les

deux jeunes gens lui répondant à peine, pensifs et re-
cueillis dans ce lieu si plein pour eux de souvenirs.
Bientôt Luce sentit qu'elle était de trop, et, sous prétexte de donner des ordres, elle rentra dans la maison.

Son absence les laissa embarrassés et contraints.
Clémentine, pour cacher son trouble, proposa de faire
quelques tours dans les allées. Ils arrivèrent bientôt à
l'endroit où le jardin est séparé du parc par une haie.
Louis s'arrêta, et, d'une voix grave, émue :

— Clémentine, dit-il, c'est ici que nous nous sommes
dit adieu autrefois... Vous en souvenez-vous ?

Si elle s'en souvenait !... Elle ne songeait qu'à cela
depuis deux jours ; et c'est à cette même place où
leur amour s'était rompu, qu'elle avait résolu de le renouer.

— C'est vrai ! fit-elle avec un accent de naïve surprise.

— Et cela vous est indifférent ? demanda-t-il.

— Comment voulez-vous que cela me soit indifférent ?

— En effet ; mais vous n'éprouvez, à ce souvenir,
qu'une sorte de pitié attendrie... Ne dites pas non... Ne
m'avez-vous pas défendu de vous aimer, parce que vous
ne pourriez répondre à mon amour ? Je n'ai pas oublié
vos paroles ; elles m'ont atteint au cœur... car, pour

moi, rien n'est changé : je vous aime comme le jour où nous nous séparions ici, à cette même place...

Elle eut un sourire de doute.

— Il y a sept ans de cela, fit-elle.

— Oui, je comprends, dit-il ; bien des événements se sont passés, qui semblent me donner un démenti. Cependant, qu'y avait-il dans tout cela, sinon une froideur affectée de ma part, et la crainte d'outrager un bienfaiteur, un ami ? Dieu merci ! je n'ai rien à me reprocher à cet égard... Cet amour que je croyais ressentir pour Suzanne et derrière lequel s'abritait ma faiblesse, s'est bien vite dissipé dès qu'aucun obstacle ne nous a plus séparés ; je suis revenu à vous... Et c'est vous alors qui me repoussez !... Ah ! cessons ce jeu, je vous en prie, ou, si c'est une épreuve, n'a-t-elle pas assez duré ? Est-il donc vrai, Clémentine, que vous ne vouliez plus m'aimer ?...

Elle ne répondit pas, de peur que sa voix ne trahît son émotion.

— Mais non ! reprit-il, c'est impossible. Qu'importe le passé ? Oublions-le : ce n'est plus qu'un songe... Nous sommes encore à la veille de ce fatal départ : vous me suppliez de rester... Impossible !... Vous cédez enfin, vous vous fiez à mes promesses... Ne vous en souvenez-vous plus, de ces serments échangés ici même, par une soirée semblable à celle-ci ?... Et, comme gage, ce baiser... Ah ! il brûle encore mes lèvres !...

En parlant ainsi, il lui entourait la taille de son bras, et elle frissonnait sous cette étreinte. Tout à coup leurs bouches se rapprochèrent.

— Ah ! tu m'aimes ! s'écria-t-il avec transport en sentant la pression de ses lèvres sur les siennes.

Mais elle se dégagea vivement, et, se dirigeant vers la maison :

— Rentrons, dit-elle, Luce pourrait être inquiète.

Luce n'était pas inquiète ; mais, en les revoyant, elle n'eut pas de peine à s'apercevoir de leur trouble, et elle sourit discrètement...

Le lendemain, vers neuf heures, M. de Charens, en passant devant la maison, ne put s'empêcher d'entrer : il avait besoin de revoir Clémentine, de se convaincre que la scène de la veille était une réalité.

— C'est bien vrai, n'est-ce pas ? lui demanda-t-il à voix basse, tandis que Luce avait le dos tourné ; ce n'est pas un rêve ?...

— Mais si ! c'est un rêve, répondit-elle avec un accent et un sourire adorables.

Il promit de terminer au plus tôt ses affaires, afin

13.

d'être libre et tout à elle ; ils repartiraient ensuite pour Paris.

Toute cette matinée se passa pour elle dans une sorte d'enchantement. Elle était vive et animée comme une jeune fille heureuse. Elle taquina Luce, qui, devinant la cause de cette joie exubérante, se laissa faire de la meilleure grâce du monde. Puis, elle redevint sérieuse, s'enferma dans sa chambre, et se recueillit délicieusement sous cette félicité qui lui emplissait le cœur : elle entrevoyait des perspectives de tendresse infinie ; le passé ne lui causait plus d'irritation, mais une sorte d'attendrissement ; elle songeait à Suzanne sans amertume, prête à lui pardonner ; son enfant, dont elle s'était séparée sans déchirement, elle l'adorait à cette heure... il lui tardait de le revoir, de le couvrir de caresses !...

Baumet, qu'on attendait vers midi pour déjeuner, ne rentra qu'à deux heures et demie. On se mit à table. Il fut question de Louis de Charens.

— Il n'est pas probable que nous le voyions de la soirée, dit Baumet.

— Ah ! pourquoi donc ?

— Mathias, des Ronchées, que je viens de quitter, doit l'emmener tout à l'heure dans sa voiture.

Clémentine tressaillit.

— Comment ! aux Ronchées ? Il va aux Ronchées ?

— Dame ! ça en a tout l'air. Où veux-tu qu'il aille avec Mathias ?... Eh bien ! qu'as-tu donc, fifille ?

Clémentine s'était levée, pâle et agitée d'un tremblement nerveux. Luce s'élança vers elle.

— Ce n'est rien, ma Nini, dit-elle ; remets-toi... viens avec moi.

Et, faisant signe à Baumet de se taire et de rester, elle emmena sa nièce hors de la salle à manger.

— Qu'est-ce que ça veut dire ? grommela Baumet, stupéfié de l'effet qu'il venait de produire.

XXV

Rien de plus simple pourtant que ce qui venait de se passer.

Ce Mathias, petit propriétaire aux Ronchées et voisin de Suzanne, était venu ce jour-là à Clamecy, et s'était rencontré avec M. de Charens dans l'étude de Me R..., notaire. Louis, que ses affaires appelaient à Lichères, avait demandé à Mathias comment il pourrait s'y rendre dans la soirée.

— Mais c'est mon chemin, en passant par Sambert et les Mont-le-Duc, avait répondu Mathias ; si vous voulez, je vous emmène dans ma carriole; vous reviendrez à pied, à la *fraîche*.

Louis avait accepté.

Vers trois heures et demie ils se mirent en route.

Il était difficile que, durant le trajet, il ne fût pas

question entre eux des Ronchées, de Maudhuy, de Suzanne. En effet, Mathias, vieux paysan bavard, après avoir conté ses petites affaires, s'étendit sur le compte Ide ses voisins ; bien entendu, il n'oublia pas Suzanne. A ce nom, Louis eut un mouvement de surprise : c'était donc là cette retraite dont on lui faisait un mystère!.. En même temps, il se rappela les singularités de Suzanne, cette disparition subite et inexplicable. Stimulé par la curiosité, et aussi peut-être par un reste d'intérêt, il résolut, après s'être arrêté un instant à Lichères, de pousser, en compagnie de Mathias, jusqu'aux Ronchées : il reviendrait le soir par le premier train remontant, qu'il irait prendre à Coulanges.

Il n'y avait donc, de la part de M. de Charens, aucune préméditation dans cette visite à Suzanne. Mais Clémentine ne vit là qu'une démarche directe, longuement combinée... Pourquoi? dans quel but? Sans doute ils avaient renoué des rapports entre eux, et, qui sait? peut-être cette scène de la veille n'était qu'une infâme comédie dont ils allaient rire ensemble !...

Luce combattit de son mieux ces exagérations, et se rapprocha de la vérité en attribuant ce voyage à la rencontre fortuite de Louis avec ce vieux paysan.

— Eh ! qu'importe? interrompit Clémentine ; ils ne

se verront pas moins, ils parleront de moi... Ne sais-tu pas de quoi elle a osé m'accuser ?...

— Oh ! c'est vrai ! fit Luce en tressaillant.

— Elle me traitera devant lui d'empoisonneuse !...

— Non, jamais !

La vieille fille s'était levée, et marchait dans la chambre avec agitation.

— Qui donc l'en empêcherait? demanda Clémentine.

— Moi ! s'écria Luce, en s'arrêtant devant sa nièce avec un air d'énergique résolution ; ils ne se verront pas, je le jure !... Quelle heure est-il ?

— Quatre heures moins dix.

— Bien. En prenant le premier train, j'arriverai avant lui aux Ronchées...

Elle se dirigeait vers la porte. Clémentine l'arrêta.

— Que vas-tu faire ?

— Je ne sais pas, je verrai ; mais, d'une façon ou d'une autre, j'éloignerai Suzanne, et il ne la trouvera pas aux Ronchées. Laisse-moi, ne me retarde pas. Ce soir, vers dix heures, je serai de retour, ou du moins je t'aurai donné de mes nouvelles. Adieu.

Elle embrassa Clémentine, sortit par la cour et se dirigea rapidement du côté de la gare.

Vingt minutes après, elle descendait à Coulanges.
Elle suivit extérieurement la voie ferrée aussi vite que
le lui permettaient ses courtes jambes ; puis, arrivée
au croisement du chemin de Saint-Marien, elle prit à
droite, à travers les prés. En quelques minutes, elle fut
au bord de l'Yonne, devant le pertuis, dont le bassin
était plein et débordait : c'était veille d'éclusée.

Au moment de traverser le barrage, elle s'arrêta avec
un geste de surprise et de désappointement. La passerelle destinée à relier la rive à la barre avait disparu,
et l'eau coulait, rapide et forte, sur la pile, entre les
dés : le débord même était tel, qu'on avait été obligé
d'enlever quelques aiguilles du chenal... Il était impossible de s'engager dans ce courant, sur la surface glis-
sante de la pile, sans risquer d'être entraîné dans la
fosse.

Ainsi entravée dans sa course et ses projets, elle jeta
autour d'elle un regard anxieux, et n'aperçut personne
pour lui venir en aide : elle entendit seulement en
amont, mais fort loin, des flotteurs occupés à confec-
tionner des coupons de train. Les appeler ? courir à
eux ? Que de temps perdu !

Elle se désolait intérieurement et cherchait le moyen
de surmonter cette difficulté, lorsqu'elle entrevit de

l'autre côté de la rivière une jeune femme et un enfant se tenant par la main, et s'approchant par le sentier qui mène du pertuis au canal. Elle tressaillit. Sa haine, plus encore que sa mémoire, lui fit reconnaître Suzanne. C'était elle, en effet. Où allait-elle ainsi ?... Luce ignorait les habitudes de la jeune fille ; elle ne pouvait se douter qu'elle conduisait son neveu à Saint-Marien pour prendre sa leçon, à cette heure tardive indiquée la veille par le vieux curé. Au surplus, peu importait : Suzanne s'éloignait d'elle-même des Ronchées, c'était l'essentiel ; restait à empêcher qu'elle n'y retournât, et Luce se chargeait de ce soin.

Désireuse d'observer sans être vue, elle recula de quelques pas, et, cachée derrière un gros peuplier, regarda.

Elle pensait que Suzanne aller tenter de traverser le barrage et se trouver arrêtée, comme elle venait de l'être, par la suppression de la passerelle ; mais la jeune fille, habituée aux difficultés de la route, remonta d'une vingtaine de pas sur la berge, se pencha et éveilla un vieux bonhomme qui sommeillait dans les hautes herbes, sa pipe éteinte entre les dents.

Ce bonhomme, ancien flotteur, salua mademoiselle Maudhuy comme une connaissance, la fit monter avec l'enfant dans un batelet amarré à la rive, monta lui-même et se mit à *bouter* avec un croc. Un instant après, malgré l'éloignement, Luce put entendre Suzanne, qui avait touché terre, recommander au passeur de l'attendre assez tard dans la soirée, et de ne pas quitter son poste qu'il ne l'eût revue ; puis, elle la vit s'éloigner rapidement avec l'enfant dans la direction de Saint-Marien.

Elle fut tentée un moment de la suivre, de s'attacher à elle ; mais à quoi bon, puisqu'elle savait où la retrouver quelques heures plus tard ? Mieux valait courir aux Ronchées, et préparer à Louis une réception dont il gardât le souvenir.

Elle quitta son poste et héla le passeur.

Au moment où elle allait monter en bateau, celui-ci l'arrêta.

— Un instant, dit-il ; nous sommes un peu trop près du pertuis.

Et il se mit à tirer sur l'amarre et à remorquer son bateau en amont.

— Bah ! qu'est-ce que ça fait ? dit Luce.

— Oui-dà !... Vous ne voyez donc pas ces palettes qui ont été enlevée du barrage, et le courant que ça donne ?

— Si, parfaitement. Et après ?

— Après ?... si ce courant-là nous avait une fois agrafés, nous serions en un clin d'œil tirés et claqués là-bas contre la pile.

— Vous croyez que nous serions perdus ?

— Si je le crois !... le bachot sens dessus dessous, et nous, aplatis ou noyés... le temps de le dire, quoi ! J'ai craint, tout à l'heure, en passant cette demoiselle et son petit, de m'être trop approché.

Luce tressaillit. Si pourtant ce que ce vieux flotteur supposait était arrivé tout à l'heure !... Elle s'assit dans le bateau et baissa la tête, rêveuse et absorbée.

Elle fut bientôt sur l'autre rive et paya son passage.

Tandis que le bonhomme amarrait son bateau et se recouchait dans l'herbe pour reprendre son somme, elle resta quelque temps immobile sur la berge, regardant le courant, le pertuis, ces aiguilles enlevées... puis, elle écarta cette sombre méditation, prit le sentier du canal, et, après avoir franchi l'écluse, se dirigea rapidement vers les Ronchées.

Louis n'y était pas encore arrivé. Elle trouva la fermière seule avec un de ses jeunes enfants, et se présenta comme envoyée par Suzanne pour dire qu'on ne l'attendît pas ce soir-là ni les jours suivants, qu'elle

quittait les Ronchées, probablement pour toujours.
Et, comme la fermière s'étonnait, Luce allégua vaguement des considérations de famille, la nécessité de se
soustraire à une sorte de persécution ; en même temps,
elle annonça la visite imminente de M. de Charens, et
indiqua à la fermière la conduite à tenir, les réponses à
faire : bien entendu, son intervention dans tout cela ne
devait pas paraître. La fermière, par intérêt pour sa
jeune maîtresse, promit d'obéir à ces recommandations.

Luce se hâta de sortir, de peur de surprise. Sa démarche à la ferme avait surtout pour but d'empêcher
Louis de venir à la rencontre de Suzanne. Sûre maintenant de tenir celle-ci à sa discrétion, elle s'en revint
lentement par le chemin précédemment suivi, — cherchant dans sa tête le meilleur prétexte pour éloigner la
jeune fille, n'en trouvant que de médiocres, et regret-
tant, dans son dépit, que l'accident dont avait parlé le
batelier ne fût pas survenu ! Elle se retrouva ainsi, sans
avoir encore rien décidé, à son point de départ, entre
le canal et la rivière, à quelques pas du pertuis. En ce
moment, sept heures sonnaient au clocher de Saint-
Marien.

C'était une chaude et lourde soirée d'été. Le soleil,

encore ardent à son déclin, faisait scintiller les feuilles
gommées des peupliers. De gros nuages d'un bleu
sombre, émergeant vers le sud, et de sourds gronde-
ments annonçaient un prochain orage. Nul bruit, nul
mouvement, dans ces parages accablés et comme im-
mobilisés dans l'attente, que la plainte monotone du
pertuis et le tourbillonnement des moucherons au-dessus de l'eau.

Sans doute il se passerait bien une heure avant que
Suzanne reparût. Luce, sinistrement agitée, examina les
lieux qui l'entouraient, vaguement, sans parti pris, en
quelque sorte pour passer le temps. Elle remarqua que
la passerelle, de ce côté du pertuis, était intacte : elle
la traversa et monta sur la barre. De là, penchée sur
l'appui, elle put se convaincre de la force du courant
qui s'engouffrait au-dessous d'elle dans l'étroit espace
laissé entre les aiguilles et la pile. Une sorte d'éblouissement la prit : elle vit, comme dans un rêve, la barque du vieux passeur, attirée, broyée contre la pile, et
Suzanne s'engloutissant dans le flot !... Elle se redressa
brusquement, épouvantée de cette vision ; puis, elle y revint, osa l'envisager de nouveau, en discuter la possi-
bilité : ce courant était-il vraiment si terrible ? et que
serait-ce, si on enlevait quelques aiguilles de plus ?...

Elle s'était baissée, la main posée sur l'aiguille la plus proche... elle tira : l'aiguille glissa sans grand effort, puis tout à coup, dégagée du radier, sous l'énorme pression de l'eau, bascula en échappant à la main qui la tenait, et fut emportée comme une paille : le courant s'était élargi et augmenté d'autant. Ce fut comme une révélation ! La bossue en demeura un instant stupéfiée ; mais elle se remit bientôt, et, après un dernier coup d'œil jeté sur le bassin, revint sur ses pas et regagna la berge. Convaincue que personne n'avait pu l'observer, elle se blottit derrière un tas de charpente, et, froidement impassible, le regard fixé dans la direction de Saint-Marien, elle attendit.

XXVI

Pendant ce temps, Clémentine, restée seule à Clamecy, était dévorée d'inquiétude.

A peine Luce fut-elle partie, qu'elle regretta de ne
l'avoir pas accompagnée. A quels emportements contre
Suzanne la vieille fille n'allait-elle pas se laisser entraîner ! Au moins elle l'aurait surveillée, retenue...
Elle songea à la rejoindre. Mais comment ?... Se faire
conduire aux Ronchées ?... Elle n'y arriverait que pour
recueillir la nouvelle de quelque désastre... Elle demanda à Toinon quand partait le plus prochain train.

— A sept heures vingt, répondit la servante.

Décidément, il fallait se résigner à attendre.

Elle eut la force de comprimer ses angoisses, de
tromper son impatience. Elle causa quelque temps avec

son père de choses indifférentes, l'air calme, presque gai
mais, incapable de prolonger cet effort, elle se retira ;
puis, oppressée par la contrainte qu'elle s'imposait, par la
chaleur étouffante de la soirée, elle descendit au jardin.
Elle se retrouva à cette même place où Louis, à deux fois
différentes, lui avait juré un amour éternel... Était-il
possible que tout cela ne fût qu'une dérision ?... Non,
non, il était sincère, elle le savait, elle en était sûre !...
Et pourtant, de sinistres pressentiments continuaient à
l'assaillir. Elle revoyait son existence tourmentée, brisée par une influence néfaste : à quoi bon résister ?...
Elle réagit bientôt contre ce découragement ; elle se dit
qu'il fallait lutter, vaincre. Mais que pouvait-elle ? Son
sort était à la merci de Luce, dont l'intervention lui
avait été déjà si funeste !...

Au milieu de ces agitations, le temps marchait. Elle
entendit sonner sept heures, et une impatience irrésis-
tible la saisit. Pour connaître sa destinée, elle n'avait
qu'à rejoindre Luce, en prenant le train dont la servante lui avait parlé. Elle n'hésita plus. En quelques
minutes, elle fut à la gare, et, à sept heures quarante,
elle descendait à la station de Coulanges.

L'orage menaçait de plus en plus : le tonnerre s'était
rapproché et grondait sinistrement ; un souffle de tem-

pête agitait les arbres; de lourds amas de nuages avaient envahi le ciel et interceptaient le crépuscule... mais qu'importait à Clémentine, pourvu qu'elle pût se guider à la lueur des éclairs?

Elle marchait fiévreusement. Arrivée au chemin de Saint-Marien, elle aperçut, à quelques pas devant elle, une femme et un enfant qui se dirigeaient rapidement du côté des prés; un éclair brilla en ce moment... Était-ce une illusion? Il lui avait semblé reconnaître Suzanne et Georges!... Elle se mit à courir, les atteignit, et, la jeune femme se retournant, toutes deux poussèrent un cri en se reconnaissant.

— Qu'est-ce que vous faites ici, à cette heure, seule avec cet enfant? demanda Clémentine, transportée de colère.

Suzanne, tremblante et interdite, ne répondit pas.

— C'est pour le promener ainsi, la nuit, je ne sais où, que je vous ai confié mon fils? continua Clémentine. Rendez-le-moi.

Elle saisit l'enfant, qui pleurait; Suzanne voulut le reprendre, mais elle fit un faux mouvement, trébucha contre une pierre, et tomba sur le rebord du chemin.

Sans plus s'inquiéter d'elle, Clémentine poursuivit sa course en entraînant l'enfant.

— Viens avec moi, mon Georges, disait-elle ; toi, du moins, tu ne me quitteras pas !

En quelques minutes, ils furent au bord de l'Yonne.

— Eh ! dépêchez-vous donc, mademoiselle Suzanne, cria le vieux flotteur ; vite !... voici l'orage.

Clémentine, sans dire un mot, monta avec Georges dans la barque, et le batelier ne s'aperçut même pas qu'il n'avait pas sa passagère habituelle.

— Allons, en route ! dit-il.

Mais la barque avait à peine quitté la berge, qu'elle se mit à dévier en aval, à la grande surprise et malgré les efforts du vieux flotteur. Il regarda, vit ou plutôt sentit un courant intense qui l'attirait, et s'écria :

— Tonnerre ! le pertuis est débouché !...

Tout en continuant de lutter, il jeta un coup d'œil vers le pertuis, et, à la lueur des éclairs, il aperçut une sorte de nain enjuponné qui, monté sur la barre, se baissait, se relevait avec une activité infernale, enlevant à chaque fois une aiguille, et augmentant d'autant plus le courant.

— Canaille !... nous sommes perdus ! s'écria-t-il en se sentant incapable de maîtriser sa barque.

Clémentine avait compris le danger et serrait son enfant dans ses bras. Elle aussi avait aperçu, mais indis-

tinctement, la diabolique créature qui s'acharnait à sa
perte.

Un nouvel éclair brilla, et deux cris terribles partirent ensemble de la barque et du pertuis :

— Luce !... Clémentine !...

La tante et la nièce venaient de se reconnaître. Toutes
deux demeurèrent comme pétrifiées.

— Mais va donc ! continue donc ! criait à Luce le
vieux flotteur, qui comprenait que l'agrandissement de
la brèche permettrait à son bateau de passer avec quelque chance de n'être pas submergé.

Mais Luce n'entendait pas, ou peut-être prenait-elle
cela pour une imprécation ironique. Elle s'était affaissée
sur la barre et se tordait les bras de désespoir, en poussant des cris déchirants.

Le bateau, cependant, était entraîné avec une rapi-
dité croissante.

Le passeur, comprenant l'impossibilité de rompre ce
courant implacable, s'y abandonna, mais en tâchant de
se remettre la pointe en avant, soit qu'il espérât passer
par la brèche, soit qu'il crût donner ainsi moins de
prise au flot ; mais, vieux et déjà fatigué, il fit une fausse
manœuvre et la pointe du bateau alla heurter contre la pile
de droite. Le choc fut affreux ; le bateau craqua, Georges

fut arraché des bras de sa mère, qui tâcha de le res-
saisir.

— Ne vous occupez pas de lui, je m'en charge ! cria
le passeur.

Et il prit l'enfant sur son dos, lui serra les bras autour de son cou, en disant :

— Serre fort, petiot, et ne lâche pas !

— Gare à vous ! cria-t-il à Clémentine ; vite ! tâchez
de vous accrocher à la barre.

Mais Clémentine, affolée, ne comprenait pas le danger. Il était terrible, cependant. Le bateau, après s'être
heurté à la pile, avait été pris en flanc par le courant, et
l'arrière, décrivant un arc de cercle, allait s'appliquer
contre les aiguilles qui restaient.

— Ici ! de ce côté ! cria le passeur.

Mais il n'était plus temps. L'arrière venait de heurter
rudement le barrage, et presque aussitôt, le bateau, sou-
levé par le courant, penchait et chavirait sur le côté.

— Mon enfant ! cria Clémentine en voyant Georges et
le passeur précipités en avant dans le flot.

Elle allait s'élancer derrière eux ; mais le rebord du
bateau, en se dressant, vint la frapper violemment à la
poitrine et la colla contre les aiguilles. En même temps,
elle sentit une main nerveuse se crisper sur son bras :

c'était Luce, qui, revenue de sa stupeur, s'était penchée
sur la barre, l'avait guettée comme une proie et la res-
saisissait.

— Ah ! je te tiens ! tu es sauvée ! s'écria la vieille fille.

— Je suis morte... et c'est toi qui me tues ! murmura
Clémentine, qui se sentit mortellement atteinte par la
violence du choc. Mon enfant ! qu'on sauve mon enfant ! ajouta-t-elle.

— Non, toi d'abord. Je ne te lâcherai pas ; tâche de
t'aider.

Et la vieille fille tirait de toutes ses forces, mais inutilement : l'implacable courant pressait de plus en plus
sa victime entre le bateau et les aiguilles.

Luce, effrayée de son impuissance, terrifiée surtout
quand, à la lueur d'un éclair, elle eut aperçu Clémentine pâle, évanouie, avec une frange rougeâtre aux lèvres,
se mit à crier désespérément au secours !

Une voix, du côté de Saint-Marien, répondit à son
appel. C'était Suzanne, qui, revenue à elle et inquiète
de Georges, accourait.

Sans souci du flot qui couvrait encore la pile, elle s'é-
lança et atteignit la barre.

— Où est Georges ? Qu'en as-tu fait ? cria-t-elle en
abordant le groupe de Luce et de Clémentine.

En ce moment, sur l'autre berge, arrivait Louis de Charens.

Après un accueil glacial de la fermière, croyant à un parti pris de Suzanne de ne pas le recevoir, il s'était dirigé vers la gare de Coulanges pour revenir à Clamecy. Arrivé près du canal, il avait entendu les cris de Luce, et il accourait.

En deux bonds, il fut près de Luce, vit avec terreur Clémentine prise, écrasée par cette horrible pression, s'empara de son bras et tâcha de la dégager ; mais il n'y put parvenir : à chaque effort, Clémentine, évanouie, laissait entendre un sourd gémissement.

.Cependant Suzanne éclatait en imprécations :

— Ah ! misérable, tu as tué ton fils ! Où est-il ? Ce n'était pas assez d'empoisonner ton mari, il fallait encore noyer ton enfant, mon pauvre petit Georges !... Qu'en as-tu fait ? rends-le-moi..., infâme empoisonneuse !

Louis entendit cette terrible accusation, que Luce cherchait vainement à étouffer, et s'arrêta, haletant, entre ces deux femmes échevelées, folles.

En ce moment, des flotteurs accouraient du côté de Saint-Marien. D'un coup d'œil, ils comprirent qu'il fallait, pour dégager Clémentine exercer une pesée de la barre sur le rebord du bateau ; ils se mirent en devoir d'exécuter cette manœuvre.

Suzanne cependant criait furieusement à Luce :

— Où est Georges ? Qu'en avez-vous fait ? Vous êtes une malheureuse comme elle ! Mon enfant ! où est mon enfant ?

— Il y avait aussi un enfant ? dit un des flotteurs. Alors, il doit être dans la fosse avec le vieux Bailly.

Et il indiquait la partie inférieure du pertuis.

Suzanne jeta les yeux de ce côté, et, au milieu des vagues et du remous, crut distinguer, malgré l'obscurité, une forme humaine qui surnageait, puis disparaissait.

— Là ! il est là !... Je le vois ! Oui, c'est lui !... Vite ! je vous en prie, s'écria-t-elle en saisissant le bras de Louis et en le poussant vers la fosse.

De Charens obéit à cette impulsion ; il s'élança dans la fosse, où il disparut. Suzanne, avidement penchée, attendit... Une minute se passa... un siècle ! Enfin Louis reparut, tirant après lui une masse indistincte. D'un bond, Suzanne fut sur la berge de droite, et lui cria :

— Ici, monsieur de Charens... Courage !

Louis amena sa capture. Suzanne saisit une main...

une main d'homme !... elle frissonna ; mais, ô bonheur !
au cou du vieux flotteur adhéraient les bras crispés du
petit Georges ! Avec une force surhumaine, elle les tira
tous deux sur la berge : ils étaient inanimés. Elle s'empara de Georges, détacha ses petits bras roidis, le se-
coua, l'étendit sur la berge, et, folle d'angoisse, l'embrassa, colla sa bouche contre la sienne pour le réchauf-
fer et lui insuffler la vie...

Pendant ce temps, les flotteurs avaient opéré leur
manœuvre. Clémentine, dégagée de l'horrible étreinte
qui l'avait brisée, fut apportée, inerte, ensanglantée, sur
la berge.

Luce, éperdue, s'était attachée à elle, interrogeant sa
face, son souffle, la couvrant de baisers, la suppliant,
dans son délire, de se ranimer.

Malgré l'orage qui redoublait, la nouvelle de cette catastrophe s'était propagée dans le pays ; on accourait de
toutes parts, on faisait cercle autour des victimes.

— Le médecin ! le médecin ! crièrent tout à coup
plusieurs personnes.

C'était l'officier de santé de Saint-Marien qui venait
d'apparaître.

Luce et Suzanne s'élancèrent vers lui et se le dispu-
tèrent. Mais la bossue fut si persuasive, si opiniâtre,

qu'elle parvint à entraîner le docteur du côté de Clémentine.

— Monsieur ! monsieur, lui criait-elle ; vous la sauverez, n'est-ce pas ? vous la sauverez !... C'est Clémentine... Vous savez bien... Clémentine Baumet, ma
nièce... Je devrais dire ma fille. Je l'aime tant, je l'aime
tant ! Je n'ai qu'elle au monde. Je n'ai jamais aimé
qu'elle... Pensez donc ! monsieur le docteur, faite
comme je suis, je n'ai pu être femme, je n'ai pu être
mère... Alors, tout ce qu'il y avait d'affection, de tendresse en moi, s'est concentré sur elle... et je l'ai
adorée... Mais qu'est-ce que je vous dis là !... Où ai-je
la tête ? Qu'est-ce que cela peut vous faire, que je
l'aime ?... Docteur, docteur, elle ne s'appelle pas Clémentine Baumet, elle s'appelle madame Maudhuy ; vous
avez bien entendu parler de son mari, propriétaire aux
Ronchées?... Il est mort l'année dernière et lui a laissé
une grande fortune. Eh bien, si vous la sauvez, toute
cette fortune est à vous... je vous le promets, je vous le
jure... Je vous donnerai aussi tout ce que je possède...
Oh! avec bonheur... Vous serez riche, très-riche...
Mais il faut la sauver, il faut me la rendre... On
ne laisse pas mourir une femme comme elle ;
regardez-la, est-elle assez belle, malgré sa pâleur ?

Avez-vous jamais vu une aussi splendide créature ?...

Et elle accompagnait ces paroles de cris, de larmes, de soupirs, de gémissements, de regards suppliants ; ses bras, ses mains se tordaient.

Le médecin, touché de cette douleur, s'était age-nouillé devant Clémentine, consultant son pouls, écoutant son cœur, et cherchant quelque indice de vie !

Hélas ! l'écume rosâtre qui frangeait les lèvres de la jeune femme ne lui avait que trop vite, et dès le pre-mier coup d'œil, fait reconnaître de mortelles lésions internes. Enfin, il fit un indescriptible mouvement d'épaules, mille fois plus éloquent que le *vixit* des an-ciens, et il voulut se relever. Mais Luce ne le lui per-mit pas. Elle s'était redressée, et, lui appuyant les mains sur les épaules, s'accrochant à lui avec ses doigts crispés, les yeux injectés de sang, échevelée, mena-çante, folle, elle criait :

— Je te dis qu'elle n'est pas morte, médecin de mal-heur, bourreau !... Je te défends de la quitter... je veux que tu la sauves... entends-tu ? je le veux... Sauve-la, ou je te tue !... Oui, je te tue ! Tu ne sais pas de quoi je suis capable. Que m'importe ta vie, lorsqu'il s'agit de la sienne !... Est-ce que j'ai hésité, une première fois ?...

Il ne s'agissait que de sa liberté, de son bonheur... Je
l'ai faite libre, je l'ai faite heureuse!...

Elle se mit à ricaner, et, promenant un regard effrayant sur les personnes qui l'entouraient :

— Oui, continua-t-elle, je l'ai faite heureuse, en
tuant son mari. On a cru que Maudhuy était mort de
maladie... Allons donc! C'est moi qui l'ai empoisonné,
et je m'en vante!... Entends-tu, Suzanne, entendez-
vous, monsieur de Charens?... C'est moi, moi, la seule
coupable... Ne la soupçonnez plus, la pauvre chère enfant... ne l'accusez pas, elle ne savait rien, rien, rien !...

Luce n'étreignait plus le docteur; elle l'avait brusquement quitté, et, étendue près de Clémentine, à moitié
couchée sur elle, elle palpait ses bras, sa poitrine, elle
soulevait sa tête, elle collait ses lèvres sur ses joues, sur
son front, sur ses mains, sur sa bouche, et elle murmu-
rait, en pleurant :

— Reviens à toi, reviens à toi, ma Nini adorée... Ne
me laisses pas seule sur la terre... je serais trop malheureuse, vois-tu!... Aie pitié de moi...

Tout à coup elle éclata de rire :

— Ah! bravo!... je lui ai rendu la vie... elle est sauvée! Elle va parler... elle rouvre les yeux... elle me
sourit. Voyez donc comme elle est belle!...

Quelques personnes trompées par ces paroles, et ne comprenant pas que Luce était folle, s'approchèrent. Elles ne virent qu'un cadavre.

. . . .

Pendant ce temps, le médecin avait rejoint le petit Georges :

— Il est sauvé, dit-il au bout d'un instant, je réponds de lui.

On dut, dans l'intérêt de l'enfant, réprimer la joie de Suzanne.

. . . .

. . . .

Après ces événements, M. de Charens est retourné à Paris, tandis que Suzanne et Georges rentraient aux Ronchées.

Au bout de quelques mois, ils se sont retrouvés tous les trois. Un soir, l'enfant a tout à coup, instinctivement, pris la main de sa tante et l'a mise dans celle de Louis. Suzanne a tressailli, et bientôt, ne pouvant maîtriser son émotion, a fondu en larmes. M. de Charens s'est alors agenouillé devant elle. Il est resté à ses pieds jusqu'au moment où Suzanne l'a relevé, et lui a dit, en montrant Georges :

— Il n'a plus que nous au monde ; unissons-nous pour l'aimer.

. . . .

. . . .

. . . .

Luce est enfermée à l'*Asyle des Aliénés* d'Auxerre. Les docteurs Rousseau et Chavance, qui la soignent, ont déclaré sa folie incurable.

Juillet 1876.

FIN

LES CHASSELAS

DU

PÈRE POUCHET

LES CHASSELAS

DU

PÈRE POUCHET

Il est incontestable qu'ils étaient bons, ces chasselas.

Voici dans quelle circonstance j'en goûtai.

C'était en 1846, en septembre. J'avais dix-huit ans, et je chassais, avec quelle ardeur, Dieu sait ! mais aussi avec quelle maladresse !... Or, un jour que j'avais employé toute la matinée en battues inutiles, je revenais au pays, le carnier vide et l'oreille basse. Je suivais mélancoliquement un petit sentier entre deux vignes,

jetant çà et là un coup d'œil entre les *perchées*, dans
l'espoir de surprendre quelque lièvre au gîte ou quelque
perdrix en train de picorer; mais rien n'apparaissait, et
je continuais d'aller, — quand tout à coup, à ma droite...
qu'est-ce que cela pouvait être?... à une douzaine de pas,
au pied d'un cep, une sorte de motte d'un gris-roux...
un lièvre évidemment! Et déjà je couchais en joue, quand
je me rappelai, — et bien à propos, vous allez voir, —
la recommandation de mon excellent père, de ne
tirer que sur des objets parfaitement déterminés et
connus.

J'abaissai mon fusil, et, doucement, l'œil fixe, le
souffle et le pied en arrêt, je m'avançai vers l'objet dou-
teux. Ce n'était pas un lièvre, il serait parti; quoi donc
alors? Je me perdais en conjectures, quand, à six pas,
ne pouvant rien discerner dans ma *perchée* à cause des
feuilles, je me penchai sur celle de gauche, et je vis...
non une pièce de gibier, hélas! mais simplement un
vieux bonhomme, le père Pouchet, qui, assis dans un
provin, mangeait un chasselas. Ce qui m'avait si fort
intrigué, c'étaient les pans de sa veste.

Je respirai.

Il me semble encore le voir, avec son chapeau râpé et
déteint, sa veste de poulangis, sa chemise de grosse

toile, et ses énormes brodequins moitié cuir, moitié fer, où les pieds plongeaient à cru,— ce grand vieillard de soixante-dix-huit ans, sec, anguleux, la peau tannée, les cheveux gris coupés en brosse, les traits heurtés, et, sous un front bas et d'épais sourcils, ce petit œil rond... Du reste, beaucoup l'ont connu comme moi, et peuvent se le figurer, accroupi dans son provin, les coudes aux genoux, et mangeant son chasselas.... J'ajoute qu'il en avait parfaitement le droit, la vigne où il se trouvait étant la sienne.

Il y a manière de manger un raisin. Les uns, grossiers, mordent à même : ils n'ont pour excuse qu'une déplorable éducation ou une soif ardente; mais d'autres, plus délicats, prennent les grains un à un et les dégustent. Ainsi font les jeunes filles, dont cet exercice fait valoir la main ; ainsi faisait le père Pouchet, sans qu'on pût assurément le soupçonner de coquetterie : il se croyait seul, et n'avait d'ailleurs à montrer que de longs doigts osseux. Et pourtant, jamais grappe de chasselas ne fut plus méthodiquement égrenée, jamais pulpe savoureuse ne fut plus suavement pressée entre la langue et le palais.

Il procédait méticuleusement. Les grains, cueillis avec précaution, se succédaient à intervalles égaux, et, à mesure qu'ils arrivaient à destination, la figure du bonhomme prenait une expression de plus en plus réjouie; sa bouche faisait entendre un clappement significatif, et ses petits yeux pleins de malice se portaient alternativement du raisin au cep qui l'avait produit : j'ai rarement vu signes plus manifestes d'un vif contentement intérieur.

Cependant le raisin tirait à sa fin; le père Pouchet pouvait lever la tête et m'apercevoir, et je savais que rien n'est maussade comme un homme surpris en état de méditation intime. Je me retirai donc, et, avec autant de précaution que j'en avais mis pour avancer, je reculai vers le sentier. Sorti de la vigne, je fis à dessein un léger bruit, et, en passant devant la *perchée*, je regardai... le père Pouchet regardait aussi. Je m'arrêtai.

— Ils sont bons, les chasselas, cette année, père Pouchet? dis-je, — pour dire quelque chose.

L'observation était juste et n'avait rien de malveillant; cependant elle fut mal accueillie. Je m'en aperçus à un vilain froncement de sourcils... Ce n'était plus la bénigne expansion de tout à l'heure !

Pas de réponse. Je ne me décourageai pas pour cela, et j'abordai immédiatement un autre début de conversation. J'avais mon idée.

— Est-ce que vous ne pourriez pas me donner du feu,
père Pouchet? demandai-je.

Et je tirais de mon carnier un sac à tabac bien bourré,
dont, novice fumeur alors, j'extrayais de timides ciga-
rettes.

Pouchet sembla hésiter un instant ; puis, il porta la
main à la fameuse poche gris-roux et dit sèchement :

— Venez.

J'accourus.

Les allumettes chimiques avaient déjà pénétré dans
les campagnes, à cette époque; mais Pouchet, fidèle aux
vieilles traditions, n'en usait pas. À quoi bon, d'ailleurs,
cette dépense? Il avait une pierre à fusil, il récoltait et
préparait lui-même son amadou, et la lame de son couteau lui servait de briquet.

Il tira successivement ces engins de sa poche, tandis
que je m'évertuais à fabriquer une cigarette.

Comme il allait battre la pierre :

— Ah çà ! et vous ? lui dis-je, est-ce que ça ne vous
irait pas de fumer une pipe ?

Et je tendais mon tabac avec l'empressement d'un
conscrit qui prête son arme à un vieux brave.

Il fixa sur moi son petit œil rond, resta une seconde
indécis, puis, se décidant :

— Donnez, dit-il ; ce n'est pas de refus ; mes deux sous y ont passé ce matin, et la gencive commence à me démanger.

Il prit le sac, et, quand il l'eut en main, émerveillé de son contenu, il le soupesa mélancoliquement. Bien qu'il n'eût pas lu André Chénier, il lui trottait certainement par la tête quelque chose comme ce vers :

O que de biens perdus ! ô trop heureux enfant

Bientôt apparut, dans tout le lustre de sa couleur d'é-bène, le vénérable instrument à court tuyau où se distil-lait chaque jour la modeste ration du bonhomme. Quel poli ! quelle vigueur de ton ! et que n'eussé-je pas donné pour avoir achevé un pareil monument !

J'achevai, du moins, de vaincre sa sauvagerie en lui faisant accepter, non sans difficulté, la moitié de ma provision de tabac. Alors, ne voulant pas être en reste avec moi :

— Ce n'est pas tout ça, dit-il ; je fume à votre compte, il est juste que vous goûtiez de mon chasselas.

Un refus l'eût blessé ; j'acceptai, et je me disposais à choisir une grappe, mais il me retint.

— Non, pas là, dit-il, ça ne vaut rien ; mais ici, dans cette perchée... Attendez, laissez-moi faire.

Et il cueillit, pour me l'offrir, le chasselas le plus mûr et le plus doré qu'il put trouver au même cep qui lui avait fourni le sien.

— Goûtez-moi cela, dit-il ; vous m'en direz des nouvelles.

Je pris le raisin et me mis en devoir de picorer ; je me donnais un petit air fin et connaisseur. Lui, cependant, me regardait et hochait la tête comme pour dire : « Hein ! vous avais-je menti ? »

Bien entendu, je fus de son avis : rien n'était plus délicat, plus sucré...

— Et sentez-vous ce petit goût ?

— Oui, oui, parfaitement.

J'exagérais ; car, dans le fait, ce raisin n'avait rien de plus merveilleux que d'autres. Mais, je vous l'ai dit, j'avais mon idée ; je voulais faire causer le père Pouchet. Et j'y parvins ; ma complaisance eut un plein succès.

Ce n'était pourtant pas chose aisée de le faire causer. Il était particulièrement taciturne. Ainsi, il habitait une maisonnette à l'extrémité du village, et je suis convaincu qu'il n'adressait pas plus de dix paroles par an au plus proche de ses voisins. Mais, ce jour-là, soit que

15.

ma figure d'adolescent lui revînt, soit que les honnêtes
procédés que nous venions d'échanger le rendissent plus
communicatif, il consentit à desserrer les dents, et il me
parla assez longuement d'une foule de choses.

De sa vigne d'abord : un quart d'arpent qu'il avait
acheté, en 1808, de ses économies, trois cents francs...
Cela valait aujourd'hui plus du double !.. C'était en luzerne alors, mais il avait défriché et planté. Madeleine
l'avait aidé, sa pauvre Madeleine, une brave femme
qu'il avait perdue ; Laurent aussi, son fils, avait travaillé là ; mais il était parti pour l'armée et s'était
fait tuer à la prise d'Alger... Et maintenant, lui, Pouchet, restait seul ; mais la vigne ne souffrait pas
pour cela ; elle était bien piochée et bien tenue, comme
on pouvait voir, et les raisins en étaient bons. C'est
qu'il s'entendait à faire pousser un cep, lui !... Et
pourtant, il n'avait pas fait que cela en sa vie. Il avait
été forgeron dans le temps, et même bon taillandier, à
preuve que le père Raboutin, dit le Dodu, ne voulait
pas d'autres planes que les siennes. Il n'avait guère fait
d'apprentissage ; mais cela ne s'apprend pas, la trempe,
c'est un instinct !

Alors, s'interrompant : — Voilà le soleil qui *tourne,*
dit-il ; voulez-vous rentrer ?

— Rien ne me presse.

— Quelle heure est-il, au fait? Zurich ne va pas.

— Qu'est-ce que c'est que Zurich?

— C'est ma montre. J'ai oublié de la monter ce matin.

— Vous appelez votre montre Zurich?

— Oui, à cause de l'endroit où je l'ai pêchée dans la poche d'un Russe.

— C'est vrai, père Pouchet, vous avez été soldat; et vous étiez à la bataille de Zurich?

— Un peu!.. et qu'il faisait chaud, je vous en réponds. J'ai attrapé là un rude coup de lance dans l'épaule gauche — dont je suis un peu manchot — et j'ai roulé sur un major russe, que je me suis mis à fouiller pour passer le temps... Tâtez-moi ça, dit-il en me tendant un gros oignon qu'il tira de son gousset, quel boîtier!.. un vrai louis de 48!.. Il n'y a que ces cadets-là pour se payer de pareilles choses. Une fière montre, ajouta-t-il en la remettant en place, et qui ne s'est pas dérangée une seule fois depuis.

Nous quittâmes la vigne pour revenir au pays. Chemin faisant, la conversation continua. Le père Pouchet était en veine de confidences, et je fus bientôt au fait de son origine et de son passé.

Il était né à Courtenay, dans le Loiret. Orphelin à
cinq ans, il avait mendié, vagabondé. A douze ans, il
entrait chez un maréchal-ferrant pour émoucher les
bêtes ; à quatorze ans, il leur tenait la patte ; à dix-sept
ans, il forgeait et ferrait lui-même ; enfin, à vingt ans,
il venait à Paris, où il assistait aux grandes journées
de la Révolution. Et alors, de 89 à 1800, toute une
odyssée triviale et terrible : — Versailles, d'où on avait
ramené le *Veto*, — le Champ de Mars, — les Tuileries;
— et ce gros luron, au faubourg Antoine, qui pérorait
sur une borne, — et la *justice du peuple*, — et cet
autre qui, avec son roulement de tambours, coupait la
parole à Capet : il était là, lui Pouchet, et Capet lui
avait semblé *assez bon enfant tout de même !*... Puis, des
souffrances et des privations : le *Maximum*, la disette,
les assignats ; une livre de pain payée cinquante écus, et,
quatre jours après, le boulanger guillotiné... En ther-
midor, on s'était battu pour l'Etre Suprême ; mais on
n'avait pas réussi, et tout avait été de mal en pis. En
vendémiaire, on s'était frotté à un petit blanc-bec... Ah !
si on avait su qui c'était !... toujours est-il qu'il avait
eu de la chance, lui Pouchet, d'être ce jour-là dans la
troisième section, les deux premières ayant fondu comme
du beurre... Après quoi, dénûment. Il s'était engagé,

il avait *broussaillé* en Vendée... On avait nommé général
un ancien geôlier, parce qu'il avait cinq pieds huit
pouces... Et ce vieux Chouan à qui on avait pris son
dernier écu, et qui s'écriait : — « Hélas ! mes bons
« messieurs les Bleus, avec quoi voulez-vous que je
« vive ? » et à qui on avait répondu : — « C'est juste !
« il ne peut pas vivre... » et qu'on avait tué..... Mais les
Chouans en faisaient bien d'autres !... Et on avait fusillé
Charette à Nantes ; — et on avait filé sur l'Italie, où
Pouchet recevait une balle dans la cuisse ; — et le médecin sarde qui le soignait était un scélérat qui se servait de charpie empoisonnée !... Enfin, on arrivait à
Zurich, où Pouchet avait fait de l'ouvrage !.... et Masséna aussi... Masséna ? Pouchet l'avait vu, à quatre pas
de lui, comme je vous vois, monsieur !.. il avait un
grand nez, et c'était un lapin à poil, je vous en réponds !

Ainsi contait le père Pouchet, et si, de temps à autre,
je hasardais une observation, il m'interrompait :
« — Laissez-moi donc ! vous avez lu cela dans les his-
« toires, vous autres ; mais moi, j'y étais, que diable !
« et ce que j'ai vu, je l'ai vu ! »

Estropié à Zurich, Pouchet était rentré en France. Il
voulait s'établir à Courtenay, son pays natal ; mais, en
passant à M..., il avait vu Madeleine, et n'était pas allé

plus loin. Il l'avait épousée ; et, quoique gêné par sa
blessure à l'épaule, il avait repris son métier de forgeron. Madeleine l'avait aidé, puis Laurent ; puis, sa
femme et son enfant morts, il avait cédé son fonds. Et
maintenant, il vivait tranquille, — plus heureux que
bien des bourgeois, car il avait cent francs de rente de
ses économies, le gouvernement lui faisait dix sous par
jour pour sa blessure, et sa vigne et sa maison étaient à lui.

Tout en devisant, nous étions arrivés devant sa maison, et j'étais fort désireux d'y pénétrer : je n'avais
même abordé et flatté le père Pouchet que pour en venir là ; car je voulais tirer à clair certaines histoires qui
couraient le pays. Ainsi, on se disait tout bas qu'en
1815, lors de l'invasion, le père Pouchet avait tué à
coups de marteau deux Cosaques, suivant les uns, trois,
suivant les autres, et que les bavures rouges qu'on
voyait sur l'escalier de pierre, en face de la porte d'entrée, étaient les traces de ces meurtres. On avait bien
lavé les marches depuis, mais inutilement : plus on frot-
tait, plus le sang paraissait... c'était effrayant ! Et je me
souviens que, enfant, quand je passais devant cette
maison, je jetais par la porte entr'ouverte un regard
oblique sur les terribles marches, et que je pressais le
pas, même en plein jour.

Maintenant, qu'y avait-il de vrai dans tout cela ? J'étais assez grand garçon pour n'avoir plus peur, mais ma curiosité subsistait tout entière, et c'était le cas ou jamais de lui donner satisfaction.

Ce ne fût pas aussi difficile que je l'imaginais. Le père Pouchet, me voyant fatigué, m'invita à m'asseoir un instant chez lui. J'acceptai avec empressement, et il pressa le loquet. Nous entrâmes.

A droite, une sorte de capharnaüm, où, pêle-mêle autour d'une vieille forge éteinte, gisaient une foule de débris et d'engins ; — en face, l'affreux escalier !

— Montez, me dit le père Pouchet.

Les taches y étaient encore.

— Tiens ! m'écriai-je en les montrant, qu'est-ce que c'est donc que ça, père Pouchet ?

— Ça ? fit-il. Et il se baissait pour voir.

— Oui, ça... ces taches rousses... qu'est-ce que c'est ?

Un juge d'instruction eût envié mon regard.

— C'est de la lie de vin, répondit-il avec une bonhomie parfaite. Mais montez donc.

Il me fit passer devant lui, et, tout en montant, il me conta qu'un jour, il y avait quinze ou vingt ans, il faisait bouillir de la lie de vin, — qu'il avait voulu défourner

seul, — mais que, dans le haut de l'escalier, il avait
fait un faux pas, l'alambic s'était renversé, et les
marches, de pierre tendre, s'étaient imprégnées de
lie, qu'il n'avait pu effacer complétement...

— Voyons ! ça vous irait-il de prendre une goutte ?
dit-il en me faisant entrer dans la chambre.

— Va pour une goutte.

Puis, pour ramener l'entretien, — car cette histoire
d'alambic ne me convainquait pas du tout :

— C'est qu'il y a des gens, père Pouchet, dis-je, qui
prétendent que ces taches-là ne sont pas de la lie.

— Bah !... et quoi donc ?

— Dame ! on dit que c'est du sang.

— Du sang ?... cette bêtise !

— Oui, du sang... et on raconte que, du temps des
Cosaques...

J'hésitais ; il me tira d'embarras.

— Oh ! ça, dit-il, c'est une autre affaire ; n'en parlons pas, si vous voulez bien.

Sa figure était redevenue crispée et farouche.

— Enfin, insistai-je, c'est vrai que vous avez tué ici
des Cosaques ?

Il me regarda fixement.

— Et, quand ce serait vrai... après? Vous n'êtes pas ici pour m'espionner, vous?

Je me défendis de pareilles intentions.

— C'est que, dans le temps, on m'a cherché dans les cheveux pour cela... Non pas seulement les *Kinserliks*, mais des gens d'ici, des Français!... Eh bien, oui! continua-t-il en s'animant, il y en a eu, du sang, — en bas, dans la boutique, — et ici, dans cette chambre, — et pas mal!... Et maintenant, ceux qui ne sont pas contents n'ont qu'à le dire!

Après un silence, il reprit plus doucement :

— Au fait, vous me revenez assez ; vous avez des traits de votre grand-père. Je l'ai connu, votre grand-père, en Vendée : un gamin de dix-sept ans, qui s'était enrôlé; ça ne demandait qu'à marcher, mais quoi! le souffle manquait, et il a bien fallu revenir ici mourir de la poitrine. Après tout, il a aussi bien fait ; il n'a pas vu les Cosaques dans sa maison, lui... Tenez, puisque vous m'avez parlé de cela, il faut que je vous conte l'affaire ; ça me soulagera. Asseyons-nous.

Il me fit alors le récit suivant :

— Donc, après Zurich, je m'étais établi ici, et marié, et tout allait bien. Madeleine était la plus douce et la meilleure femme... et courageuse! elle travaillait plus que moi. Ah ! le père Girard, en me la donnant, ne m'avait pas attrapé, je vous en réponds !...

Nous n'avions qu'un enfant, mais gentil ! le vrai portrait de sa mère. Ah ! ces deux créatures-là valaient mieux que moi... Enfin, tout allait bien, comme je vous le disais. On s'affectionnait, on travaillait ensemble, et les économies allaient leur train. Ainsi, en 1815, j'avais déjà payé ma maison et ma vigne, j'avais deux cents francs dans une chausse, et, en bas, sous mon escalier, cinq feuillettes de mes dernières récoltes. Voilà des avances ! Mais c'était trop beau ; ça ne pouvait pas durer.

Il faut vous dire que, dans ce temps-là, on avait toute l'Europe sur les bras, et que la chance avait tourné contre nous. Comme je n'étais plus soldat, je ne connaissais pas le fin mot de l'affaire ; mais il courait ici des bruits, que Bonaparte était prisonnier, et que les kinserliks avançaient... une invasion, quoi ! Je connaissais ça, en ayant fait moi-même dans le temps. Aussi, je me dis: «Si ça vient par ici, ça va être joli, attention! » Pardieu ! ça n'a pas manqué. Un matin, ran tan plan.... voilà trois cents de ces gueusards-là qui nous tombent sur le dos, — de vrais Cosaques...

— Pardon, père Pouchet, c'étaient des Bavarois ; et là

preuve, c'est qu'il y avait parmi eux un certain Karl Sand, qui, depuis...

—Eh ! laissez-moi donc... Bavarois, Cosaques, est-ce que ce n'est pas la même chose !... Toujours est-il qu'il fallut bien les recevoir et ne pas trop faire le fier. Vous comprenez, quand on n'est pas le plus fort... Ah ! si on s'était entendu !... mais on ne s'entendait pas. Les voilà donc qui prennent des billets de logement et qui s'éparpillent dans le pays. Il m'en tombe un pour ma part, rien qu'un, mais c'était déjà trop ; n'importe, je fais comme les voisins, je file doux. C'était pourtant dur, allez ! Figurez-vous qu'ils étaient là comme chez eux, et que vous étiez leurs domestiques : — « Fais ceci, fais cela, vas à la cave, et plus vite que ça ! Et puis, donne ta vache, ton cochon, ton cheval... » A eux le meilleur, et quelquefois le tout. On se mettrait en colère à moins.

Mon Cosaque, à moi, n'était ni pis ni mieux que les autres. Je le vois encore : un méchant nez camard avec une moustache en poil de carotte. Il était furieux de ce qu'on l'avait logé dans une bicoque. Voyez-vous ça ! Va-t'en ailleurs, canaille, si tu n'es pas content ! Mais non, monsieur faisait le difficile. Il ne crachait pas sur mon vin, toujours ! En buvait-il, bon Dieu ! et pas seul encore : presque tous les soirs, il amenait trois ou quatre ivrognes comme lui, on donnait un coup-de-poing dans une feuillette, et les brocs allaient leur train. Vous pensez si ça me saignait le cœur de voir ça ! Aussi, je me mordais la lèvre et je serrais le poing en dessous.

Il y avait près d'un mois que ce manége-là durait ; je commençais à perdre patience. On était en octobre. C'est environ dans ce temps-là que Jean-Bon en noya un, en le tenant dix minutes la tête dans un seau d'eau, et que Guitard, de Leugny, en jeta par la fenêtre une demi-douzaine qui battaient sa mère. Je sentais qu'il allait m'arriver quelque chose comme cela.

Un soir, après souper, sur les huit heures, j'étais à ma forge ; car, pour nourrir ces beaux messieurs et ne pas toucher à mes deux cents francs, il fallait bien travailler le soir. Je forgeais un coutre pour Mathieu Beugot ; Madeleine m'aidait et battait le fer avec moi. C'était au-dessus de ses forces, mais elle me faisait gagner une chaude ou deux, et il n'y avait pas moyen de l'en empêcher. Laurent, monté sur un escabeau, tirait le soufflet.

Le Cosaque, lui, était assis sur le banc, à côté de l'escalier, les bras croisés... fainéant ! Il était aux trois quarts soûl. Depuis plusieurs jours, j'avais remarqué qu'il faisait des agaceries à Madeleine ; il se redressait

devant elle en frisant sa vilaine moustache, et il se donnait des airs... à se faire casser les reins, quoi ! Elle, la
pauvre femme, elle avait plus envie de pleurer que de
plaisanter ; d'ailleurs ça n'a jamais été dans ses goûts.
Elle ne me disait rien, de crainte d'amener un malheur.

Ce soir-là donc, mon gredin était plus en train que
d'habitude. Pendant que j'avais le dos tourné et que je
remuais le fer dans la forge, il faisait des yeux à Madeleine. Il croyait que je ne le voyais pas. Je me tenais à
quatre pour ne pas l'assommer, car il fallait songer aux
conséquences ! pourtant, je sentais que je n'allais plus
être maître de moi. Je me disais : — « S'il pouvait donc
se tenir tranquille !... » Mais non. A l'avant-dernière
chaude, au moment où Madeleine levait son marteau, il
le lui prit des mains, la tira à lui et la fit asseoir sur le
banc. Je crus d'abord qu'il voulait qu'elle se reposât, et
qu'il allait prendre sa place ; ma colère tomba tout d'un
coup. Vrai ! je lui aurais serré la main. Mais pas du
tout ! Il pose tranquillement le marteau, et retourne
s'asseoir à côté de Madeleine, en me faisant signe de
continuer. Je ne peux pas dire ce que j'éprouvai ; ce fut
comme un éblouissement. Madeleine, qui me vit pâle,
frissonna ; mais elle me regarda d'un air si suppliant et
si doux, que je ramassai mon fer que j'avais laissé tom-

ber, et, en manière de contenance, je le remis au feu.
Ce fut un répit. Mais, sans en avoir l'air, j'avais l'œil au
banc, vous pensez! Ce n'était plus de la colère, mais
une rage froide. Que le brigand se permît la moindre
chose !... il aurait pourtant dû le comprendre. Mais non;
je le vis se rapprocher de Madeleine, essayer de lui
prendre la main, de l'embrasser... Oh! alors je tire
mon fer chauffé à blanc, et je le lui jette à la figure. Il
hurle de douleur, fait un écart à droite, tire son sabre et
fonce sur moi; mais je l'attendais! D'une main, avec
mes tenailles, je pare le coup, et de l'autre, avec mon
marteau, je lui plante cinq livres de fer dans le crâne. Il
tomba mort. Ça y était !

Vite, je cours à la porte et pousse le verrou; en un
tour de main les volets sont fermées, le rideau de serge
tiré; puis, je reviens.

Le Kinserlik était là, couché de son long; Laurent,
dans un coin, tremblant; Madeleine, évanouie sur le
banc, le visage éclaboussé de sang. Je prends de l'eau
de la forge pour la débarbouiller : ça la fait revenir. Et
alors, je leur dis : « — En voilà de l'ouvrage ! que de-
« main matin on s'en doute seulement, et notre compte
« est bon ! Silence donc, et que tout cela disparaisse.
« Toi, petit, va te coucher, et souviens-toi que tu n'as

« rien vu. Toi, Madeleine, donne-moi un torchon, que
« j'enveloppe la tête de ce brigand ; et, pendant que je
« le mettrai en place, tu nettoieras... et songez qu'il y
« va de notre peau, à tous ! »

Blêmes de peur, à peine s'ils m'entendaient. Je pous-
sais Laurent vers l'escalier ; il le monta en buttant à
chaque marche. Puis, Madeleine et moi, nous nous
mîmes à la besogne. La mienne fut rude : emporter le
Kinserlik, faire un trou, l'enfouir... Pourtant, à onze
heures c'était fini. Quand je revins, tout était propre et
net dans la boutique ; on aurait juré qu'on n'avait battu là
que du fer. Je brûlai tout ce qui me parut suspect, et je
dis à Madeleine : « Allons nous coucher. »

Vous pensez si nous dormîmes. Laurent et Madeleine
avaient des sursauts. Le lendemain, avant le jour, j'étais
sur pied. Le moment approchait. Je ne craignais rien
pour moi ; mais eux, comment s'en tireraient-ils ? Je
leur refis la leçon : « — Pas de faiblesse ! vous ne sa-
« vez rien. Le Cosaque n'est pas rentré hier soir, voilà
« tout. Et, qu'on vous menace, qu'on vous frappe, pas
« un mot !.. Est-ce dit ? »

Ils me jurèrent de ne pas faiblir. Alors, comme le jour
était venu, je les laissai, et je sortis pour aller sur la place.

On y faisait l'appel. Matin et soir, c'était la règle.

Bien entendu, mon Cosaque ne répondait pas. On cherche, on s'inquiète. Alors, je m'avance vers l'officier et je lui dis que c'est chez moi qu'un homme manque. Il fronce le sourcil, baragouine je ne sais quel ordre; et aussitôt, un sergent et six hommes m'empoignent, me lient les mains, et, à coups de pied, à coups de crosse, me ramènent chez moi. Ça débutait mal.

Arrivés, on empoigne à leur tour Madeleine et Laurent, et on les jette à côté de moi, sur une botte de paille, au fond de la boutique. Puis, le sergent, avec deux hommes, se met à fouiller partout. Il ne trouve rien. Furieux, il revient vers nous, nous fait des questions. Nous répondons comme vous savez; il hoche la tête, comme pour dire: « Nous allons voir ça. »

Sur son ordre, deux hommes sortirent, et revinrent bientôt avec de longues baguettes de coudrier. Je compris!...

Le sergent prit Laurent, le mit sur ses pieds, le questionna, mais en pure perte. Alors, il lui fit ôter ses habits; on lui lia les pieds et les mains, et on le coucha nu, à terre. Madeleine voyait cela; des grosses larmes lui sortaient de yeux... Moi, j'étais dans un état !... Avouer, c'était la mort; mais aussi, qu'allaient-ils faire de cet enfant ?...

Le sergent nous guettait du coin de l'œil. Bientôt il fit signe à l'un de ses hommes : celui-ci prit une des baguettes, et, sur ces pauvres petits reins en appliqua un coup !... trois cris partirent en même temps. Madeleine avait comme une attaque de nerfs ; moi, je suais à grosses gouttes... Oh ! les misérables !... je vois encore cette affreuse ligne rouge... On interroge de nouveau Laurent ; il fait signe qu'il ne sait rien... Alors, un nouveau coup de baguette. Non ! je ne sais pas comment je fis pour ne pas tout avouer... Au troisième coup, Laurent ne remua plus ; il était évanoui.

On le jeta sur la paille, à côté de sa mère. C'était enfin mon tour ! je respirai.

L'opération se fit de même, sinon qu'elle se prolongea un peu plus. A chaque coup, je sentais un lambeau de chair s'en aller... le sang coulait... Mais je m'étais promis de ne pas pousser un cri, et je tins parole. Cependant, les coups allaient leur train. La douleur, terrible d'abord, s'affaiblissait : je sentais une chaleur, un engourdissement ; mes tempes bourdonnaient et battaient à se rompre. Je ne pourrais pas dire combien de temps cela dura ; quand ce fut fini, je n'étais qu'une plaie.

Un détail : au premier coup de baguette, j'avais, de rage, mordu une rognure de coudrier, et mes dents s'y

16

étaient enfoncées. Quand on m'eut relevé, on s'aperçut de la chose, et on me retira le morceau, mais si brutalement, que trois de mes dents s'emportèrent sans que je le sentisse : ce sont ces trois-là qui me manquent sur le devant. On me jeta un seau d'eau sur le corps ; cela me ranima... Je m'attendais à d'autres misères ; mais on crut qu'effectivement nous ne savions rien, et on nous laissa tranquilles...

Vous croyez peut-être que je fus long à me remettre ? Pas du tout. Huit jours après, je pouvais marcher, et, au bout de trois semaines, j'étais à peu près rétabli.

Mais je n'étais pas quitte pour cela des Cosaques. Pour un que j'avais tué, il m'en était survenu deux. Deux !... auprès desquels le premier pouvait passer pour un agneau : on m'avait exprès donné la fleur du panier. L'un, que nous appelions le Carlin, était un petit gros, trapu, hargneux, colère, toujours menaçant et frappant... et des exigences ! Il fallait servir ce monsieur-là à pied baisé. L'autre, long et maigre, avait la malice et la méchanceté d'un singe : pas de plaisanterie ignoble, pas de mauvais tour qu'il n'imaginât ; nous l'appelions la Fouine, à cause de la tournure de son museau.

Vous ne sauriez croire tout ce que ces canailles-là nous ont fait souffrir pendant un mois. Pour vous en donner une idée, figurez-vous que, dans les premiers temps, quand mes plaies n'étaient pas encore fermées, ils venaient me prendre sur ma paille et me tiraient chacun par un pied dans la boutique, en sorte que mon dos labourait la terre : vous voyez d'ici mes grimaces... et ils riaient! Madeleine et Laurent avaient aussi leur part. Un jour, la Fouine descendait l'escalier comme ma femme le montait; elle ne se range pas assez vite : d'un coup de pied, vlan! il l'envoie rouler en bas, où elle se fait une entaille au front. D'autres fois, le Carlin jetait son sac tout bouclé dans le dos ou dans l'estomac de Laurent : le pauvre gamin, tout meurtri, roulait sur le carreau... et de rire. C'était bien drôle, hein!

Je voyais et supportais tout cela sans me plaindre. Seulement, je me disais : « Quand il y en aura assez, nous compterons ! » Et Madeleine voyait bien que je me disais cela.

Un jour vint où il y en eut plus que la mesure.

Ces deux messieurs couchaient en haut, dans nos lits; nous, en bas, sur de la paille, comme des chiens : rien de plus juste, et je ne réclamais pas. Avant de s'endormir, ils poussaient le verrou de leur porte, de crainte de surprise, et je ne trouvais pas cela mauvais. Mais, un soir, il me sembla qu'on poussait le verrou avant que

Madeleine, qui était montée faire leurs lits, fût redes-
cendue. J'appelle... une fois, deux fois... pas de réponse! Un soupçon me traverse la tête; je monte, je
colle mon oreille à la porte, et j'entends comme un
bruit de lutte, des gémissements étouffés... Plus de
doute! Je presse le loquet, — rien! la porte est fermée
en dedans. Mon premier mouvement est de me jeter
dessus, de l'enfoncer d'un coup d'épaule; mais elle ré-
sistera... et puis, je n'ai pas d'arme. Vite, je descends
dans la boutique, et je prends un trois-quarts. Comme
j'allais remonter, je trouve Laurent... une idée me
vient. Je l'emmène dans le jardin, là derrière. Je prends
une échelle et je l'applique à cette fenêtre. Il y avait un
carreau en papier : avec son couteau, doucement,
Laurent le coupera, puis il passera son bras et fera
jouer la barre; alors, il entrera brusquement, s'élan-
cera vers la porte et tirera le verrou... je serai là!

Pendant qu'il coupe le carreau, je gagne vivement le
tour, je remonte, et j'attends, mon trois-quarts à la
main. Quel moment !... le cœur me sautait dans
la poitrine. Tout à coup, j'entends le châssis qui
s'ouvre, puis un bruit de pas, puis deux ou trois chocs
sourds contre la porte. Je pèse sur le loquet et je
pousse.... rien !... Puis, un grand cri : c'est la Fouine

qui a aperçu Laurent et, d'un coup de poing, l'a abattu.

Je me jette comme un furieux contre la porte... elle résiste !

Je m'arrachais les cheveux de désespoir, quand, tout à coup j'entends tirer le verrou. C'est Madeleine que le cri de son enfant a ranimée, et qui s'est élancée..... J'entre.

En face de moi, le Carlin. Pendant qu'il cherche son sabre, je lui fiche mon trois-quarts en pleine poitrine... de quoi tuer un bœuf. Il roule.

En même temps, je reçois un coup de sabre sur la nuque : c'est la Fouine qui vient à la charge. Heureusement, le coup avait porté à faux. Avant qu'il redouble, je suis à lui ; je lui applique deux... trois coups... En se débattant, il m'accroche et nous tombons ; à terre, je continue à frapper. Déjà il râle, quand je sens une main qui me serre le cou... un étau ! je suffoquais ; c'était le Carlin que j'avais mal tué, et qui revenait sur l'eau. Je veux me débarrasser, impossible ! Il avait ramassé le sabre de la Fouine, et me balafrait tant bien que mal le dos et le flanc. J'allais perdre connaissance, quand je sentis sa main se détendre : Madeleine s'était traînée sur lui, et, avec le couteau de Laurent, elle lui sciait le cou. Elle l'acheva.

16.

Oui ! cela s'est passé ici, où nous voilà, il y a trente ans. Vous parliez de sang ? je crois bien qu'il y en avait !... celui des Kinserliks, le mien, celui de Laurent, que le coup de poing de la Fouine avait aplati contre le mur... Tenez ! là, sous vos pieds, cela faisait comme une petite mare...

J'étais étendu au milieu de tout cela, sans mouvement. Au bout de quelques instants, je me ranime, je me tâte : rien de sérieusement endommagé. Je me remets sur pied, non sans peine, et j'allume une chandelle : c'était joli autour de moi, allez ! une vraie boucherie... Madeleine et Laurent évanouis dans le tas. Je les dégage, je les secoue ; impossible de les rappeler. Je me dis qu'ils reviendront d'eux-mêmes, et je les porte sur le lit. En attendant, que faire des Kinserliks ? Ce n'était pas de la viande à garder. Je leur fis donc la même cérémonie qu'au premier : je les enveloppai, l'un dans une couverture, l'autre dans un drap; après quoi, je les portai, l'un après l'autre, à côté du camarade. Cela me prit du temps, car j'étais faible. Rentré, à plus de minuit, je casse une croûte pour me remettre ; puis, je vais chercher deux seaux d'eau, je les jette par la chambre, et je lave, je frotte tant bien que mal, à tout hasard ; le plancher boit tout ça. En levant la tête, je vois Ma-

deleine et Laurent qui me regardent, effarés : je vais à
eux, je les secoue pour les finir de réveiller, et je leur
dis : — « Qu'en pensez-vous ? Voilà la place déblayée et
nette ; mais nous, qu'est-ce que nous devenons ?... »
Car il était temps d'aviser et de prendre un parti.

Moi, de m'exposer encore une fois aux baguettes, ça
ne m'allait pas du tout. Or, pour l'éviter, il n'y avait
qu'un moyen, c'était de partir et de quitter la maison ;
tant pis ! elle deviendrait ce qu'elle pourrait. Je tâche
de leur faire comprendre cela, mais ils n'ont pas l'air
de m'entendre. Enfin, je parviens à les remettre sur
leurs jambes, et ils m'obéissent machinalement : Madeleine fait un paquet de nos hardes ; moi, je tire les
deux cents francs de leur cachette, j'empoigne un pain
que j'emmanche au bout d'un bâton, et nous voilà en
route à travers champs.

Où aller ? c'était l'embarras. Je réfléchis une minute,
et je me dis qu'il y a, en Puisaye, de grands bois où l'on
peut se cacher. Nous marchons donc de ce côté-là, mais
pas vite : le jour se levait, que nous n'avions encore fait
qu'une lieue et demie ; et déjà Madeleine était lasse, et
Laurent n'en pouvait plus. Nous faisons halte au coin
d'un buisson, assez embarrassés, quand, à trois cents
pas de nous, j'aperçois une petite ferme, et l'idée me

vient que ma femme et Laurent pourront s'y loger.

En effet, le fermier était un brave homme : quoiqu'on fût en automne, il consentit à prendre en service la mère et l'enfant. De gages, il n'en fut pas question ; le logement et la nourriture, c'était déjà bien joli.

Je les laissai donc là, et je continuai mon chemin. J'achetai un fusil d'occasion, et je fis, avec quelques autres, une petite guerre de partisans. Ça ne me réussissait guère ; car j'ai servi dans la cavalerie, et je ne suis pas fort sur le fusil. N'importe, j'ai fait de mon mieux pendant quelques mois, jusqu'à ce que.... Ah! ça, voyez-vous, c'est le plus rude de l'affaire...

— Qu'est-ce donc, père Pouchet ?

Il hésitait et gardait un silence farouche. Enfin, il reprit :

— Autant vaut que vous le sachiez. Après tout, s'il y a de ma faute, je l'ai assez regretté ; et combien, à ma place, auraient agi de même !... Enfin, voici... Tout en rôdant à droite et à gauche, je ne m'écartais jamais trop de la ferme, et, de temps en temps, la nuit, je venais voir Madeleine et Laurent. Il était guéri, lui, le petit, de ses contusions; mais Madeleine dépérissait à vue d'œil ; elle était triste, triste !... J'avais beau lui dire que cela ne durerait pas , que les Kinserliks s'en iraient, que nous rentrerions chez nous... tout ce qu'on pouvait dire, quoi ! Mais elle ne m'écoutait pas. Enfin, un jour, je la trouve plus abattue que d'ordinaire. Je tâche de la consoler, je lui demande ce qu'elle a ; sans répondre, elle se met à pleurer; j'insiste, je supplie, je commande, et enfin, en se cachant la figure dans les mains, bien bas, elle m'avoue...

— Elle vous avoue ?

— Elle était grosse ! Le tonnerre serait tombé sur moi, que ça ne m'aurait pas fait plus d'effet. Elle s'était jétée à mes genoux; moi, je restais comme pétrifié. Mais bientôt, la rage reprend le dessus : je la repousse du pied, et, pour ne pas la tuer (car j'en avais envie), je me sauve comme un fou, en lui criant qu'elle ne me reverra plus...

J'ai eu tort. Ah ! je me suis bien repenti depuis ; car enfin, pauvre femme ! était-ce sa faute ? n'était-elle pas aussi malheureuse que moi ? est-ce que je devais céder au premier mouvement? Je me dis cela et bien d'autres choses ; mais il était trop tard. Trois jours après, je revenais à la ferme ; il y avait du changement!

Madeleine, était au lit avec une fièvre terrible ; elle battait la campagne. Je m'approche ; mais, dès qu'elle m'aperçoit, elle se rejette en arrière avec un grand cri.

La mère du fermier, une bonne femme, qui l'avait prise en affection et qui la soignait, me fait signe de m'en aller, que je la tuerai en restant ; mais je me dis qu'il n'y a que moi qui puisse la guérir. Je cours à elle ; je la prends dans mes bras, je lui demande pardon : que « ce n'est pas sa faute, que je le sais bien, que j'ai eu tort, que j'aimerai son enfant comme le mien... » (Je mentais, je ne l'aurais pas aimé, c'était impossible ; mais j'aurais fait semblant, à cause d'elle...) Mais j'avais beau dire, elle ne m'entendait pas : je la sentais frissonner et brûler... et puis, des terreurs, des extravagances qui lui passaient par la tête... C'était une pitié ! et je pleurais comme un enfant... Cela a duré ainsi deux jours. — Que voulez-vous ? nous avons fait le possible, la pauvre vieille et moi ; nous lui avons parlé sur tous les tons ; nous lui avons amené son Laurent qu'elle aimait tant... peine perdue ! Elle est morte sans avoir recouvré un seul instant la raison...

Le père Pouchet se tut, abîmé dans ces lugubres souvenirs. Je me livrais à quelques condoléances ; mais il releva la tête et m'interrompit :

— Bah ! laissez donc, c'est comme cela, la vie. Vous êtes jeune, vous verrez !... Moi, ç'a été encore une autre histoire, quand, plus tard, j'ai perdu Laurent ;

mais tout passe, et on vieillit, comme vous voyez... N'importe ! si les Kinserliks m'ont fait du mal, je ne les ai
pas ménagés, toujours !...

— Non, certes !

— Quand ils n'auraient servi qu'à fumer ma vigne...

— Comment ! c'est donc dans votre vigne que ?...

— Que je les ai enterrés, oui, dans la *perchée* où
vous m'avez trouvé...

Le père Pouchet est mort en 1853.

Je ne sais pas ce qu'on a fait de *Zurich;* la maison
a été revendue ; la vigne, arrachée et remise en luzerne.
Quant aux chasselas, il n'y a pas à s'en dédire, ils étaient
bons.

Avril 1865.

FIN.

CLICHY. — Impr. PAUL DUPONT, 12, rue du Bac-d'Asnières.

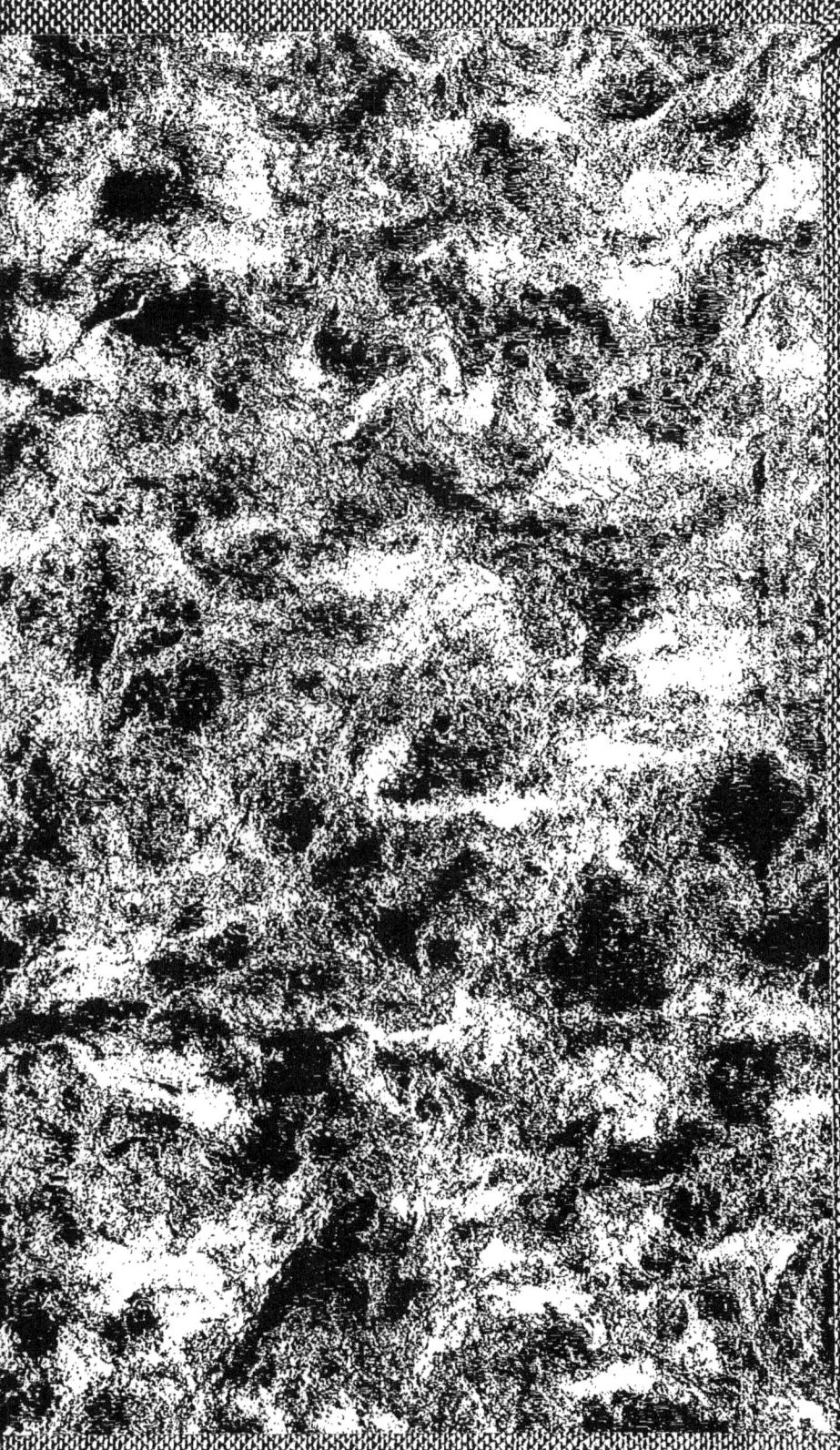